微觀紅樓夢

王關仕 著

東大圖書公司

國家圖書館出版品預行編目資料

微觀紅樓夢／王關仕著.——初版二刷.——臺北
市：東大，2006
面；　公分.——(文苑叢書)

ISBN 957-19-1988-8　(精裝)
ISBN 957-19-1989-6　(平裝)

1. 紅樓夢-評論

857.49　　　　85012199

網路書店位址　http://www.sanmin.com.tw

　微觀紅樓夢

著作人　王關仕
發行人　劉仲文
著作財產權人　東大圖書股份有限公司
臺北市復興北路386號
發行所　東大圖書股份有限公司
地址／臺北市復興北路386號
電話／(02)25006600
郵撥／0107175-0
印刷所　東大圖書股份有限公司
門市部　復北店／臺北市復興北路386號
重南店／臺北市重慶南路一段61號
初版一刷　1997年1月
初版二刷　2006年1月
編　號　E 820800
基本定價　肆元貳角
行政院新聞局登記證局版臺業字第〇一九七號

ISBN　957-19-1989-6　(平裝)

序

紅樓夢是一部廣大讀者所喜愛的古典小說，真的會給人有夢一樣的感覺，謎一般的難猜。近年來由於文物資料的新發現，研究方法的多面化，「新紅學」、「曹學」一時蔚為顯學。對紅樓夢的成書、續書、作者、版本、異文以及書中所隱的真事，作出了空前的貢獻；也給未來的研究者提供了很大的空間，與紅樓夢的教學上的方便。

本書為繼拙著紅樓夢研究後，十餘年來所發表在學報、學術會議、演講和未發表的單篇論文，匯為一集，並稍事修訂整理。蠡測所及，有前人所未見，或與當代紅學者有異，間有踵事增華的。要在探究原委，考證「真」「假」，闡明隱義，澄清誤解，多從一人一名小事細物入手，所以名為「微觀紅樓夢」。今承東大圖書公司劉董事長振強先生惠予出版，爰弁數言，並識謝忱。限於學識水平，期盼讀者們給我指正。

王關仕

於臺灣師範大學國文系

中華民國八十五年秋

微觀紅樓夢 目次

輯二 事物微觀

輯三　地點微觀

輯一

人物微觀

曹寅是賈政的模式

拙著甄士隱、賈政與中庸一文，曾論及這二個名字之所出❶。現在再論書中賈政的造形。胡適之先生以為賈政相當曹頫一說❷，我不敢同意。我覺得賈政一角，是以真實界的曹寅為其模式。

紅樓夢對賈政的批評，是書中長輩群中最好的一位；他除了礙於妹夫的請託，而奏本保荐了貪墨枉法的賈雨村出知應天府，而被批書人以「春秋字法」❸責備賢者外，其他考語皆很好：

甲戌本第二回：

次子賈政，自幼酷喜讀書者，祖、父最疼。（卷二頁八甲面）

甲戌本第三回：

❶ 拙作紅樓夢研究頁五九至六一。

❷ 胡適先生紅樓夢考證。

❸ 甲戌本第三回，頁二乙面二條夾批。

這賈政最喜讀書人，禮賢下士，拯溺濟危，大有祖風。（卷三頁二乙面）

賈政對寶玉管教之嚴，我們不應拿今日家庭及親際關係的尺度來衡量他；否則便有失公允。固然，他大打寶玉那場❹，是過於衝動；那也是條件促成的。一因他素有寶玉喜脂粉釵環及不重舉業的成見，在在跟「詩禮簪纓」的家風，以及望子成龍的心態相左。二因官場中最忌得罪皇親國戚、爵高功大的顯貴；偏偏那供奉王爺們的蔣玉函之失蹤又跟寶玉牽扯上了。三因賈環的中傷，因此失去理智。其實他對寶玉是很了解及期望很高的。他在承歡一面，仍很風趣，亦喜愛詩詞；但在那個時代環境中，大多數的家長都不能免有二副面孔。

庚辰本第七十八回：

近日賈政年邁，名利大灰；起初天性也是個詩酒放誕之人。因在子侄輩中，少不得規以正路。（頁一八一八）

可見賈政為了「身教」，不得不強抑他天性中那分瀟灑，在子侄前面擺出「規以正路」的架式。俞平伯先生說：「紅樓夢中對賈政無怨詞，亦無好感。……賈政者，假正也，假正經的意思。」❺「無

---

❹ 己卯本第三十三回，頁三七至二三八。

❺ 讀紅樓夢隨筆之十・賈政，香港中文大學新亞書院中文系紅樓夢研究專刊第二輯頁一三一。

怨詞」是對的，其餘的評語，便有斟酌的必要。

曹寅的生平及其著作，有史料及集子行世，已為眾所共知的了，不必費詞。本文僅就前人、時修未及談到的，作一探究。

一、賈者，假也。說文云：「假，非真也。」史記・項羽本紀：「乃相共立羽，為假上將軍。」正義：「假，攝也。」❻所以「賈」即「攝」字之意，表示「代理」。政即政治的政，可分二項來說明：(1)織造官是內務府的編制，為皇帝宮內的事務官，不屬朝廷行政系統，也不屬地方行政體制。「賈政」就是非真正的政務官。(2)攝為代理的意思，也就是史記・淮陰侯列傳：「願為假王便。」的「假」❼。賈政即「代行政治」；織造官是欽差，有代天行政的特權專責，但與地方行政長官之行政不同。織造除本身事務外，尚兼鹽政；曹寅還奉旨刻書。紅樓夢中賈政之屢點「學政」❽，和曹寅的常兼鹽政相似❾。尚有其他的任務，從康熙的批可見一斑：

> 江寧織造曹寅奏謝欽點巡鹽並請陛見摺（康熙四十三年七月二十九日）硃批：朕體安善，爾不

---

❻校點本二十四史，史記頁三〇七。

❼校點本二十四史，史記頁二六二一。

❽有正本第三十七回，第二冊頁一三四七。

❾康熙四十三年曹寅奏摺（關於江寧織造曹家檔案史料頁二三至二六）。

必來。明春朕欲南方走走。倘有疑難之事，可以密摺請旨。凡奏摺不可令人寫，但有風聲，關係匪淺，小心，小心，小心，小心。（關於江寧織造曹家檔案史料頁二三）

二、賈政字存周，義取周公攝政，東征存周。周公名旦。旦字隱合曹寅的「寅」字。說文：「旦，明也。」「寅，髕（段注：當作濥）也。正月昜氣動，去黃泉欲上出，陰尚強也。」是都有始明的意思。寅與旦的系聯，則出於尚書・堯典：「寅賓出日。」❿「旦」的構體，象日出於地平線。寅時天亦將明，義合旦字。周汝昌考得曹寅字子清，出於尚書・舜典「夙夜惟寅，直哉惟清。」⓫再加上我以上所舉旦、寅的系聯，更可肯定作者是暗用了堯典。

由以上從幾方面的對照看來，賈政一角的造形，是以曹寅作為模式最有可能。

---

❿ 十三經注疏・尚書，藝文印書館阮院刻本頁二一。

⓫ 周汝昌紅樓夢新證頁六五。

無事忙

庚辰本紅樓夢第三十七回：

寶玉道：「我呢？你們也替我想一個。」寶釵笑道：「你的號早有了。『無事忙』三字恰當的狠。」

全唐詩錄曹唐詩二卷，其中遊仙詩九十八首，有一七絕云：

且欲留君飲桂槳，
九天無事莫推忙；
青龍舉步行千里，
休道蓬萊歸路長。

紅樓夢中很多地方取用唐宋詩詞❶，如第十八回寶釵提醒寶玉「綠蠟」一典，明說出自錢翊的詠芭蕉詩。此「無事」「忙」，或為薛寶釵此語的出處。

庚辰本紅樓夢第二十六回：

只看落的款是「庚黃」，畫的真真的好的了不得。寶玉聽說，心下猜疑道，古今字畫也都見過些，那裡有個「庚黃」？想了半天，不覺笑將起來，命人取過筆來，在手心裡寫了兩個字。又問薛蟠道：「你看真了是庚黃？」薛蟠道：「怎麼不真！」……原來是「唐寅」兩字。

「曹唐」、「唐寅」二者都令人與「曹寅」有相當程度的聯想。紅樓夢作者是否有意安排從薛家兄妹的口中，微透這小說寫的是曹寅的家事呢？

❶ 甲戌本第二十五回：「卻恨前有一株海棠花遮著，看不真切。」脂夾行批：「余所謂此書之妙，皆從詩詞句中泛出者，皆係此等筆墨也。試問觀者，此非『隔花人遠天涯近』乎？可知上幾回非余妄擬也。」

曹顒、曹頫相當紅樓夢玉字輩

馮其庸曹雪芹家世史料的新發現一文中，根據唐開陶等修纂的康熙六十年刊本上元縣志所載曹璽傳❶，知道曹璽的孫子曹顒，字孚若；仲孫曹頫，字昂友。馮氏並考出曹顒取名的出處是：

> 易、觀卦，……盥而不荐，有孚顒若。❷

頫字昂友。按「頫」是「俯」的異體字，與「俯」字音義全同。按「仰」又同「昂」，周禮・地官・保氏鄭玄注引鄭司農曰：「軍旅之容，闞闞仰仰。」這裡的「仰仰」其音義全同「昂昂」，為士氣振奮之貌，是用其名的相對的意思。這與元代大書畫家趙孟頫，字子昂是一樣的用法。

這不僅是幫助我們了解曹雪芹家世的一項重要文件，而且也啟引了我對紅樓夢書中人物與曹寅家

❶ 見曹雪芹與紅樓夢頁一三至四五。

❷ 周易・觀卦卦辭。

人的系聯。

曹顒和曹頫兄弟的關係表現在名、字上，是根據詩經來取的。

詩・大雅・卷阿：顒顒卬卬，如圭如璋。

毛傳：顒顒，溫貌。卬卬，盛貌。

鄭箋：王有賢臣，與之以禮義相切磋，體貌則顒顒然敬順，志氣則卬卬然高朗，如玉之圭璋也。

釋文：卬，五剛反。

孔疏：以圭璋是玉之成器。……既體貌敬順，志氣高朗，則可比玉，故如玉之圭璋。……釋詁（按：當作釋訓。）云：顒顒卬卬，君之德也。

說文：「頫，低頭也。太史卜書頫仰字如此。」重文：「俛，頫或从人俛。」段注：「匡謬正俗引張揖古今字詁云：頫，今之俯俛也。……頫，玉篇音靡卷切。」是與「俯」義同音略有不同。說文：「顒，大頭也。」段注：「引伸之，凡大皆有是稱。」

「卬卬」即「昂昂」，邵晉涵爾雅正義云：「平都相蔣君碑作『顒顒昂昂』。」❸是其證。

由上的舉證可知曹顒、曹頫命名得字的相互關係。曹顒年稍大於頫，所以取名時，因顒有大義，以命兄名；弟名頫，除了字形上都从頁，表示同輩，而意義上使用字來系聯，因詩經「顒顒昂昂」連

---

❸ 見皇清經解頁五六二九。

文，所以取字為「昂友」，為「友于兄弟」❹之意。

國語・齊語：「以驟聘覜於諸侯。」管子・小匡作：「以極聘頫於諸侯。」周禮・考工記・玉人：「瑑圭璋八寸，璧琮八寸以覜聘。」鄭注：「覜，視也，聘，問也。眾來曰覜。」爾雅・釋詁：「頫、相，視也。」疏引考工記作「眾來曰頫。」阮元校勘記：「閩本、監本、毛本同；釋文、唐石經、雪牕本、元本作覜。」

諸侯派眾大夫來聘問叫「覜」，字亦作「頫」，帶的玉器是圭、璋、璧、琮。詩・大雅・卷阿：「顒顒卬卬，如圭如璋。」賢臣可比於圭、璋。顒、頫都和玉器在文義上系聯。因此，紅樓夢的作者為賈府定輩分，將賈珍一輩的名字都从玉，相當於曹寅家从頁字一輩。換句話說，將真人曹顒等隱去，用从玉字輩等假名，來代替；賈府从玉字輩的某些人，就是以曹府从頁字輩某些人為模特兒而寫成的。我曾推考紅樓夢中的賈政，相當江寧織造曹寅❺，如今又得到一間接的印證；而批紅樓夢的脂硯齋，為書中的「石兄」「寶玉」，為雪芹的叔輩一說❻，更得到有力的旁證。

❹ 論語・為政引尚書語。

❺ 見本書頁三曹寅是賈政的模式一文。

❻ 見拙作紅樓夢研究頁一〇二。

薛寶釵的本姓試猜

紅樓夢甲戌本第四回，賈雨村審理馮淵一案，門子提供的那張護官符上說：

豐年好大雪，珍珠如土金如鐵。

原文小字注（抄錄者誤為批語，用紅色書寫）：

紫微舍人薛公之後，現領內府帑銀行商，共八房分❶。

脂硯齋夾批：

隱薛字。

❶ 陳慶浩新編紅樓夢脂硯齋評語輯校頁六六云：有正2b「微」作「薇」；有正2b、全抄2a「府」作「庫」，無「分」字。己卯，紫微舍人薛公之後，現領內司帑項行商，共八房。（另紙錄出附入者）

甲戌本第五回：

只見頭一頁上，便畫著兩株枯木，木上懸著一圍玉帶。又有一堆雪，雪下一股金簪。也有四句言詞，道是：

可嘆停機德，

脂批：此句薛。

堪憐詠絮才，

脂批：此句林。

玉帶林中掛❷，

金簪雪裡埋。

脂批：寓意深遠，皆非生其地之意。

同回：

第二支終身悞：

都道金玉良姻，俺只念木石前盟。

空對著山中高士晶瑩雪，終不忘世外仙姝寂寞林。

❷ 革新版紅樓夢校注頁一〇〇：「玉帶林中掛」，前三字倒讀，諧「林黛玉」三字。

嘆人間美中不足今方信。縱然是齊眉舉案，到底意難平。

甲戌本第八回，薛寶釵賞鑒賈寶玉的寶玉，後人有詩云：

女媧煉石已荒唐，又向荒唐演大荒。
失去幽靈真境界，幻來親就臭皮囊。
好知運敗金無彩，堪憐時乖玉不光。
白骨如山忘姓氏，無非公子與紅粧。

脂批：批得好。

末二句似與題不切，然正是極貼切語。

庚辰本第六十五回：

還有一位姨太太的女兒，姓薛，叫什麼❸寶釵，竟是雪堆出來的。……生怕這氣大了，吹倒了姓林的；氣煖了，吹化了姓薛的❹。

---

❸ 戚本無「什麼」二字。全抄本原同庚辰本，但「薛」字以下劃去，另改為「這兩位姑娘都是美人一般的，又都知書識字，或……」全失原著神韻。

❹ 戚本「姓林的」作「林姑娘」，「姓薛的」作「薛姑娘」；全抄本同戚本。

從以上的正文及脂批看來，很明顯有三點基本的含意，就是：

1.「雪」諧音「薛」。

2.薛寶釵長得很白。

3.薛寶釵高潔自守。

此外，我認為「雪」的蘊意，還隱藏了她的真實姓氏。由第五回「白骨如山忘姓氏」那句「此地無銀三百兩」看出，她的本姓是「白」，所以脂硯齋有「正是極貼切語」的評語。

北靜王與賈寶玉的輩分

庚辰本第十四回，寫秦可卿之喪，送殯場面浩大，絡繹數里；其中有北靜王與賈寶玉初見面一節：

原來這四王，當日惟北靜王功高，及今子孫猶襲王爵。現今北靜王水溶，年未弱冠，生得形容秀美，情性謙和。近聞寧國公冢孫婦告殂，因想當日彼此祖父相與之情，同難同榮，未以異性（姓）相視，因此不以王位自居，……因問賈政：「那一位是啣寶而誕者？幾次要見一見，都為雜冗所阻。想今日是來的，何不請來一會？」賈政聽說，忙回去急命寶玉脫去孝服，領他前來。那寶玉素日就曾聽得……水溶是個賢王，且生得才貌雙全，風流瀟灑，每不以官俗國體所縛。每思相會，只是父親拘束嚴密，無由得會；今見反來叫他，自是歡喜。一面走，一面早瞥見那水溶坐在轎內，好個儀表人材。……

庚辰本第十五回：

寶玉忙搶上來參見。水溶連忙從轎內伸出手來挽住。……水溶笑道：「名不虛傳。果然如『寶』似『玉』。」因問：「啣的那寶貝在那裡？」寶玉見問，連忙從衣內取了，遞與過去。水溶細細的看了，……親自與寶玉帶上了。……水溶又將腕上一串念珠卸了下來，遞與寶玉道：「今日初會，傖促竟無敬賀之物；此係前日聖上親賜𦶜❶苓香念珠一串，權為賀敬之禮。」……賈政與寶玉一齊謝過。

從上引「未以異姓相視」「每不以官俗國體所縛。」及「前日聖上親賜𦶜苓香念珠」相贈看來，水溶應是一位宗室的王爺，跟賈府的關係，不當止於一般世交的關係，或祖上同是開國元勳的交誼而已。

集韻昔韻：「𦶜，草名。」「資昔切。」音與䳭、鶺同。𦶜苓香不知是何物，或許是作者杜撰的，用來代替鶺鴒的意思。詩・小雅・常棣：「脊令在原，兄弟急難。」毛傳鄭箋皆釋為鳥名，即雝渠，是一種水鳥。釋文：「脊……亦作即，又作鶺，皆同。令……本亦作鴒，同。」文選袁宏三國名臣序贊：「豈無鶺鴒，固慎名器。」亦作「鶺鴒」，為後世所沿用。

甲戌本第二回第十二頁乙面脂硯齋眉批：

---

❶ 𦶜，甲戌本、庚辰本、戚本並作⿱艹眷，誤。己卯本作𦶜，是。全抄本作「𦶜苓念珠一串」，無「香」字。革新版彩畫本作「鶺鴒香念珠一串」，非庚辰本之舊；彩畫本作「蕶苓香……」其注一〇云：又名蕙。

以自古未聞之奇語，故寫成自古未有之奇文，此是一部書中大調侃寓意處。蓋作者實因鶺鴒之悲，棠棣之威，故撰此閨閣庭幃之傳。

由以上古人習用「鶺鴒」為兄弟之義看來，北靜王水溶送寶玉脊苓香念珠為見面禮，推測二人的輩分相同。異姓而輩分相同，以王位之尊，親臨一個世交晚輩媳婦的出殯，則應該還有親戚關係。那麼北靜王水溶當與賈寶玉是平輩的姻親。

吳恩裕永瑢之詩及畫一文云：

有人謂紅樓夢中之北靜王永溶❷影乾隆第六子質親王永瑢，其說不經；然雪芹之所「用意搜」（原按：永忠語）者，固不排斥其所聞所見之永瑢其人其事也。❸

我也認為紅樓夢作者不可能把乾隆帝的兒子作為模特兒，且取名如此相近。並推想水溶應屬比乾隆帝的年齡還大些的人，甚至是雍正帝的同輩人。

---

❷「永」當作「水」。

❸見考稗小記頁七一至七二。

元春命名探微

紅樓夢中的賈元春，是書中男主角賈寶玉的親姐姐，貴為皇妃；作者對她著墨不多，卻是書人很重要的人物。她關係著賈府的盛衰，遊憩大觀園人眾的生活圈，甚至寶玉的結婚對象。這個人物取名的意義，有多層面。作者和脂硯齋並未完全說出或揭示出來。

甲戌本第二回：

（王夫人）第二胎生了一位小姐，生在大年初一，這就奇了。❶

賈府現有三個亦不錯。政老父（爹）之❷長女名元春，現因賢孝才德，選入宮中作女史去了。二小姐乃赦老爹前妻所出，名迎春；三小姐乃政老爹之庶出，名探春；四小姐乃寧府珍爺之胞

❶ 甲戌本卷二，頁八乙面。

❷ 「之」，庚辰本作「的」，己卯本作「政老爺之長女」，硃筆改為「政老爹的長女」，戚本作「政老爺之女」，全抄本作「政老爺之長女」，馮其庸等紅樓夢校注未校。

妹，名喚惜春。……只因現今大小姐是正月初一日所生，故名元春，餘者方從了「春」字。❸

其實，賈府四位千金的命名，本意並非如此，這是作者隱瞞讀者之處。「深知擬書底裡」的批書者脂硯齋，便在夾行中把這四位小姐名字的寓意，略微透露：

（元春）原也。
（迎春）應也。
（探春）嘆也。
（惜春）息也。❹

對賈府四位小姐的命運，甚至大觀園眾兒女的命運，是「原應嘆息」的。甲戌本第一回「太虛幻境」坊聯：「假作真時真亦假，無為有處有還無。」❺真就是假，金陵甄家，就是都中的賈府。同回：

在甄家之風俗，女兒之名亦皆從男子之名命字；不似別家另外用這些春、紅、香、玉等艷字

❸甲戌本卷二，頁一二甲面。
❹同❸。
❺同❸卷一，頁一一甲面。

的。❻

可知賈府的小姐們的名字，實際上是跟兄弟的名字同偏旁，或同某個字的。為了代表她們的命運，而作了以上的安排。我認為除此以外，元春一名，更隱藏著深一層的含義，茲為探討如後：

春秋經：「(隱公) 元年春王正月。」

杜預集解：「隱公之始年，周王之正月。凡人君即位，欲其體元以居正，故不言一年一月也。」

孔穎達等正義：「此公之始年，故稱元年。正是時王所建，故以王字冠之。……春非王所改，故王不先春。」❼

這種繫年紀事的體例，便成了編年史的準則。後世統一王朝的史乘，書即位皇帝或改元，或記當位皇帝的事，皆沿此。則「元春」一名的命取，是由「春秋之筆」而來，自然有「微言大義」蘊藏其中。所以我推想「元春」象徵在位的皇帝，也就是明寫元春，暗指康熙皇帝。

康熙名玄燁，清人避他的諱，多改玄為元。說文：「爗，盛也。从火，曅聲。」集韻葉韻：「爗、燁、爗」引說文釋為「盛也。」正字通：「燁同爗，俗省。」則「燁」為「爗」之省文，意為盛大繁

---

❻ 同❸。

❼ 阮刻本十三經注疏・左傳卷二，頁五。藝文印書館縮印本頁三〇。

多。

庚辰本第十七回至十八回：（尚未將兩回分開）

（大觀園）有幾百株杏花，如噴火蒸霞一般。❽

寫杏花盛開，一片春景，真是「紅杏枝頭春意鬧」，渲染出春的繁華。「春」華（花）盛開如火，代表有「盛」意的「㷳」字。所以說明寫「元春」暗示「玄㷳」。

吳世昌脂硯齋是誰一文說：

曹寅長女嫁鑲黃旗訥爾蘇郡王，所以她是賈「妃」，事在康熙四十五年十月二十六日（一七〇六年十一月卅日），次年即康熙最後一次南巡。……省親是曹寅長女（原按：即雪芹姑母）出嫁與康熙南巡的合寫。❾

關於借省親事寫南巡，拙著「借省親事寫南巡」探究❿一文，有與吳氏類似的看法，但不認為是元春出嫁與康熙南巡的合寫；而是明寫元春歸省，暗寫康熙南巡駐蹕織造署的排場及改建西花園始

❽ 聯亞出版社影印本頁三二五。
❾ 藝文叢錄第四編頁三三二—三三三，谷風出版社印行。
❿ 見本書頁一五二。

末。

元春命名的深義如此，則脂批「借省親事寫南巡」便得到明確的解答。元春象徵皇帝的身分，暗示康熙的名字，應無可疑議的吧。

元春冊畫判詩試解

甲戌本第五回：

遂又往後看時，只見畫着一張弓，弓上掛一香櫞❶。也有一首歌詞云：

二十年來辨是非　榴花開處照宮闈
三春爭及初春景　虎兕相逢大夢歸❷

高陽先生紅樓夢中「元妃」係影射平郡王福彭考一文，對於元春冊畫及判詩的考釋，我不敢苟同。高文云：

❶己卯本作「弓上掛著一香櫞」，庚辰本亦有「着」字，「櫞」作「橼」，無「一」字。戚本作「弓上掛一首橼」，近甲戌本。全抄本作「弓上掛着一香圓」。

❷「虎兔相逢大夢歸」，「虎兔」，己卯本作「虎兕」，全抄本同作「虎兕」。馮其庸等校注：「『虎兕』，原作『虎兔』，甲戌、蒙府、戚序、甲辰、舒序本均同。從己卯、夢稿本（全抄本）改。」

第二頁香櫞之櫞，為元春之元諧音，此無可爭辯；問題是那張弓如何說法？「掛」與繫不同，明言「弓上掛着一個香櫞」，則弓非平置，而為掛於壁上可知。掛者懸也；弓者弧也，「懸弧」之典見禮記：

孔子曰：士使之射，不能……（注）男子生，設弧於門左。

「懸弧」既為生男的宣告，則此典故用於此處，明明為作者的強烈暗示，莫誤猜為女子。再由「弓」字的聲音去玩味，自然而然會想到福彭之彭。……

詠元妃的一首七絕，第一句只要想到元妃影射福彭，就很容易明白了。曹家雍正六年抄家，隨即進京歸旗，至福彭乾隆十三年十一月去世，不折不扣地二十年整。這就是說，福彭知道曹頫之被革職抄家，……所以二十年來顧念親情，處處照應外家。

第二句「榴花開處照宮闈。」指福彭於雍正十一年四月入軍機，在內廷辦事，故曰「照宮闈」。榴花不必五月，節氣早，四月開花常事，異種安石榴花，則四時常開。

第三句「三春爭及初春景」，「爭」字訓「怎」。就表面看，「三春」指迎春、探春、惜春；「初春」則指元春。三姊妹的福分皆不如大姊，故云「三春爭及初春景」。其實另有深意，……曹頫意外襲職（江寧織造）不久，復有革職抄家之厄以後，曾有過一個日麗風和的「春天」。這個「曹家的春天」，歷時凡一紀：即自乾隆元年至十二年。十二年分為三段，每段四年，乾隆元年至四年，即為「初春」，所謂「三春爭及初春景」，謂仲春（五至八年）、季春（九至十二年），不及前四年。此由於乾隆四年秋天，發生了一次流產的宮廷政變，乾隆對福彭的關係發生了變化之故。……

「虎兔相逢大夢歸」，……元妃之死，是在「卯年寅月」，仍是「虎兔相逢」，……

福彭死於乾隆十三年戊辰十一月十八日，這年閏七月；十二月十六日為己巳年立春。……元妃死於十二月十九日，恰好加了一個月又一天，……乾隆十一年丙寅，十二年丁卯，此即「虎兔」，……意謂遇了虎年、兔年，大限即到。❸

高陽先生為了要坐實元春影射福彭的看法，作了很多曲折牽強的解說，令人難以信服。如「三春爭及初春景」，「初春」既指「元春」，那麼迎、探、惜三姐妹便比乾隆五至八年（仲春），九至十二年（季春）多出一「春」。所以「三春爭及初春景」並無深意，只不過說元春「顯極」，迎、探、惜三人都不及她而已。又如「過了虎年、兔年，大限即到」，何不直接作「龍兔相逢大夢歸」呢，豈不更合福彭死於乾隆十三年戊辰。何況別的版本有作「虎兕」的。兕是牛，便要提前一年了。

高陽先生說「掛者懸也。」是對的；櫞諧音元。指元春，大家都看得出。但轉弓為弧，再解為彭，而認為是福彭的影射，便太曲折離奇。我認為冊畫有更深廣的義蘊。

❸ 高陽說曹雪芹頁一〇七至一一〇。

「弓上掛著一香櫞」，表示香櫞是繫屬於弓的。暗示元春是皇妃。懸的音同「弦」，所以說「弓」上掛著，隱去「玄」，「弦」是香櫞之所繫，清代多用「元」代康熙帝玄燁的玄，如此冊畫便能顯示元春是貴妃的身分了（連探春也嫁為王妃都比不上）。甲戌本第一回：

然朝代年紀，地輿邦國，反失落無考。

脂硯齋夾批：據余說卻大有考證。❹

拙著紅樓夢研究，曾據脂批「自是羲皇上人，便可作是書之朝代年紀矣。」一語，認為「羲皇」諧音「熙皇」，指康熙朝而言❺，可與元春冊畫印證了。

本草綱目・果部「枸櫞」條云：「香櫞，佛手柑。」李時珍曰：「佛手，取象也。」集解：「枸櫞生嶺南，柑橘之屬也，其葉大，其實大如盞，味辛酸。〔頌曰〕今閩廣江南皆有之，彼人呼為香櫞，子形長如小瓜狀，其皮若橙，而光澤可愛，……寄至北方，人甚貴重。」可見紅樓夢作者，用南方方言「香櫞」，表示是產於長江以南，一到北方「貴重」了。暗示元春出生地是江南，入京師（北方）而貴重。紅樓夢寫元春歸省的風光，卻「滿眼垂淚」的說：「當日既送我到那不得見人的去處，」❻

❹ 甲戌本卷一，頁六甲面。
❺ 拙著紅樓夢研究頁一一〇。
❻ 庚辰本頁三五四。

她內心的辛酸可知，別人看起來卻「光澤」體面。庚辰本第十七回至十八回（此回尚未分）：

（寶釵道）那上頭穿黃袍纔是你姐姐。❼

拂手柑熟了色黃，黃色是皇家的服色；形狀像佛手，表示法（權）力無邊。所以脂硯齋在「三春爭及初春景」下批「顯極」。

至於冊畫的判詩首句和次句，我也不贊同高陽先生的解釋。我認為，「二十年來辨是非」，指元春在二十歲那年，被選為「鳳藻宮尚書，加封賢德妃。」❽「榴花開處照宮闈」是承上句再點出為五月。五月榴火是成了習慣的用法，不可解為四月。甲戌本第十六回：

一日正是賈政的生辰，……報說有六宮都太監夏老爺降旨。❾

「夏老爺」實暗示為夏天。

元春冊畫和判詩，隱藏著紅樓夢作者回憶的「往事」是發生在康熙朝代，元春是由江南入宮的。

❼ 庚辰本頁三六三。馮其庸等紅樓夢校注作「穿黃袍的」校云：「原無『的』字，從舒序，甲辰本補。」

❽ 甲戌本卷一六，頁三乙面。

❾ 同❽，頁二乙面。

作者把真事曹寅長女嫁平郡王訥爾蘇隱去了，而用賈（假）元春歸省，寫出康熙南巡駐蹕江寧織造署的片斷排場。

賈寶玉、林黛玉、薛寶釵姓名的隱義

紅樓夢人物的命名，大多都有隱義。如：

甲戌本第一回：

> 廟旁住著一家鄉宦，姓甄，名費，字士隱。嫡妻封氏，……只有一女，乳名英蓮。

脂硯齋在「費」旁批「廢」，「士隱」旁批「託言將真事隱去也。」「封氏」旁批「風」，「因風俗來」，「英蓮」旁批「設云應伶（怜）也。」❶

暗示紅樓夢是寫一官宦人家，歷「廢」敗，而將「真事隱」去的故事。「甄費」即真的已廢，真已弗貝（無錢）了。「風俗」即下文「他岳丈名封肅，本貫大如州人氏」，脂硯齋眉批：「託言大概如此之風俗也。」❷此外，又有「查封整肅」的隱義，指甄家廢敗時的情景，這種地方，連批書者也不

---

❶ 甲戌本卷一，頁八乙面至頁九甲面。

❷ 同❶，頁一六乙面。

願批出。「英蓮」指其身世「應憐」。

賈寶玉、林黛玉、薛寶釵，書中的三大主角，在姓名的字面上，便構成了「三角關係」。賈寶玉、林黛玉同玉字；賈寶玉、薛寶釵同寶字。賈府四姐妹：元春、迎春、探春、惜春，名都同末字；寶玉、黛玉亦名同末字，意在暗示同兄妹的名分，這是字面上易見的安排。其更深一層的意義，就是三人的姓名，暗含五行的關係。

甲戌本第一回：

有絳珠草一株，時有赤瑕宮神瑛侍者，日以露灌溉，這絳珠草便得久延歲月，

脂硯齋眉批：

以頑石草木為偶，……結此木石因果。❸

賈寶玉為神瑛侍者轉世，故姓名與玉石有關；林黛玉為絳珠草轉世，其姓名除玉字（見上）外，餘與木有關。

說文：「賈，市也。从貝，襾聲。」「貝，海介蟲也。」「寶，珍也。从宀玉貝，缶聲。」「玉，石之美有五德者（從段注補者字）。」貝、玉皆石類，石於五行屬土。所以「賈寶玉」三字皆含有土

❸同❶，頁九乙面。

義。有土此有財，也代表富貴的意思。

庚辰本第三十七回：

寶釵道：還得我送你個號罷。有最俗一個號，卻於你最當。天下難得的是富貴，又難得的是閑散，這兩樣再不兼有，不想你兼有了，就叫你富貴閑人也罷了。❹

說文：「林，平土有叢木曰林。从二木，」「黱，畫眉墨也。从黑，朕聲。」段注：「通俗文曰：點青石謂之點黛。服虔、劉熙字皆作黛，……黛者黱之俗。」黛色青而深，青為東方色，於五行屬木。所以林黛玉的命名重點在林，因其為絳珠草轉世，木之始生與草相同，草木同類。

甲戌本第二十八回：

（黛玉）道：我沒這麼大福禁受，比不得寶姑娘什麼金，什麼玉的。我們不過是草木之人。

脂硯齋夾行批：

自道本是絳珠草也。❺

---

❹ 庚辰本頁七八二至七八三。

❺ 甲戌本卷二八，頁一八甲面。有正本無脂批。

薛寶釵姓名重點在釵。寶字與寶玉同（義見上文）。

甲戌本第四回：

今據石上所抄（護官符）云……豐年好大雪，珍珠如土金如鐵。

脂硯齋行間批注：

（雪）隱薛字。❻

甲戌本第五回：

（寶玉）只見頭一頁上便畫著兩株枯木，木上懸著一圍玉帶；又有一堆雪，雪下一股金簪。也

有四句言詞，道是：

可嘆停機德　堪憐咏絮才

玉帶林中掛　金簪雪裡埋❼

❻同❺卷四，頁三乙面。

❼同❺卷五，頁七乙面。

薛音同雪，故以雪表薛；雪色白，白為西方色，於五行屬金。釵為簪笄類。鈕樹玉說文新附考：「釵，笄屬，从金，叉聲。」引玉篇：「婦女歧笄也。」❽以釵為金質安髮用具，故字从金。金亦表示富有。

賈寶玉為石頭轉世，啣玉而生，命名重點在玉，即土；林黛玉為絳珠草轉世，命名重點在林，即木；薛寶釵有金鎖項圈，命名重點在釵，即金。

甲戌本第五回：

第二支終身悞（誤）

都道是金玉良姻
俺只念木石前盟
空對著山中高士晶瑩雪
終不忘世外仙姝寂寞林
縱然是齊眉舉案
到底意難平❾

❽ 說文解字詁林頁六三五五。

❾ 甲戌本卷五，頁一二甲、乙面。

「金玉良姻」指寶玉與寶釵成婚。「木石前盟」指寶玉對黛玉有前世灌溉之惠的關係。

甲戌本第八回：

好知運敗金無彩　堪嘆時乖玉不光

脂硯齋夾行批：

又夾入寶釵，不是虛圖對的工。

二語雖粗，本是真情。然此等詩只宜如此。

為天下兒女一哭。❿

同回：

鶯兒嘻嘻笑道：我聽這兩句話，到像和女（姑）娘的項圈上的兩句話是一對兒。

脂硯齋雙行批註：

❿ 同❾卷八，頁四甲面。靖藏本作眉批，云：「伏下文。又夾入寶釵，不是虛圖對的工。」見陳慶浩新編紅樓夢脂硯齋評語輯校頁一二四。

又引出一個金項圈來，鶯兒口中說出方妙。⓫

同回：

（寶釵）將那珠寶晶瑩，黃金燦爛的瓔珞掏將出來。寶玉忙托了鎖看時，

脂硯齋雙行批註：

按瓔珞者頭飾也，想近俗即呼為項圈者是矣。⓬

庚辰本第三十五回：

寶玉道：你本姓什麼？鶯兒道：姓黃。寶玉笑道：這個名姓到對了，果然是個黃鶯兒。鶯兒笑道：我的名字本來是兩個字，叫作金鶯，姑娘嫌拗口，就單叫鶯兒。如今就叫開了。⓭

薛寶釵的金項圈，丫嬛本名金鶯，一再渲染寶釵的「金」，與寶玉的「玉」成為一對，結果配成

⓫ 同❾卷八，頁五甲面。

⓬ 同❾卷八，頁五。

⓭ 庚辰本頁七五一。

了「終身誤」、「無彩」、「不光」的「金玉姻緣」。從二人的命名暗含五行的關係上來說是適合的，因寶玉的「土」，可生寶釵的「金」。

甲戌本第一回：

那絳珠仙子道：他是甘露之惠，我並無此水可還。他既下世為人，但把我一生所有的眼淚還他。⓮

甲戌本第五回：

寶玉看了仍不解，便又擲下，再去取正冊看。只見頭一頁便畫著兩株枯木，木上懸著一圍玉帶；⓯

又：

一個是閬苑仙葩，一箇是美玉無瑕……想眼中能有多少淚珠兒，怎經得秋流到冬盡，春流到夏。⓰

⓮甲戌本卷一，頁九乙面。

⓯同⓮卷五，頁七乙面。

⓰同⓮卷五，頁一三乙面。

又：

欠淚的淚已盡，⑰

在五行關係上，水是生木的。木失去水分便枯。絳珠仙子為還神瑛侍者眼淚而下世為人。所以林黛玉的哭多為寶玉而起；等到淚已還盡時，也就是木枯了。在五行上是「木勝土」，賈寶玉不能與林黛玉成婚；「金勝木」，故寶釵之勝於黛玉，而「土生金」，故寶釵之嫁寶玉，在命名的隱義裡也是一致的。

⑰同⑭卷五，頁一五乙面。

林黛玉丫嬛命名的隱義

紅樓夢賈府四位千金的命名，說是因大小姐生於正月初一，故名元春，故迎春、探春、惜春皆從此而名❶。四名的隱義，為脂硯齋批出，是「原應嘆息」❷。四人遭遇雖異，然命運應嘆息則一。元春顯極而早逝，迎春遇人不淑而即夭，探春遠嫁而不返，惜春緇衣而乞食。似乎自古以來，班姬、蔡女之流，天妒其才華而令以幽怨悲寂落幕呢。紅樓夢中的群釵，似乎也因挾才藝而難逃，千紅一窟「哭」，萬艷同杯「悲」的命運。從四人的丫嬛的命名，可見作者用心之深。如：

甲戌本第七回：

迎春的丫頭司棋，與探春的丫嬛待書。❸

---

❶ 甲戌本卷二，頁一二甲面。

❷ 同❶。

❸ 「待書」，己卯本、庚辰本、戚本、全抄本皆作「侍書」。

脂硯齋夾行批：

妙名。賈家四叙之嬛，暗以琴、棋、書、畫四字列名，省力之甚，醒目之甚。❹

庚辰本第十七至十八回：

又有賈妃原帶進宮的丫嬛抱琴等。

脂硯齋夾批：

前所謂賈家四叙之嬛，暗以琴、棋、書、畫排行，至此始全。❺

擅棋、琴、書、畫的女子，結局都是「原應嘆息」的。再看林黛玉的貼身丫嬛的命名，紅樓夢的作者，似乎又有意皴染這個觀念。

甲戌本第三回：

黛玉只帶了兩個人來，一個是自幼奶娘王嬷嬷；一個是十歲的丫頭，亦是自幼隨身的，名喚雪

❹ 甲戌本卷七，頁五甲面。

❺ 庚辰本上冊，頁三五五，聯亞出版社影印。

雁。賈母見雪雁甚小，一團孩子氣，王嬤嬤又極老，料黛玉皆不遂心省力的，便將自己身邊一個二等的丫頭，名喚鸚哥者，與了黛玉。❻

甲戌本同回：

並大丫嬛名喚襲人者陪侍在外大床上。原來這襲人亦是賈母之婢，本名珍珠。

脂硯齋夾行批：（二條）

奇名新名，必有所出。

亦是賈母之文章。前鸚哥已伏下一鴛鴦，今珍珠又伏下一琥珀矣，已下乃寶玉之文章。❼

甲戌本第八回：

雪雁道：紫鵑姐姐怕姑娘冷，使我送來的。

脂硯齋夾批：（二條）

❻甲戌本卷三，頁一六甲面。

❼同❻，頁一六乙面。

又順筆帶出一個妙名來，洗盡春花臘梅等套。鸚哥改名已。❽

黛玉帶來的丫嬛雪雁，可能從蘇軾和子由澠池懷舊：「人生到處知何似，應似飛鴻踏雪泥。泥上偶然留趾爪，鴻飛那復計東西。」❾句中脫化而來。詩經・小雅・鴻雁：「鴻雁于飛，肅肅其羽。」傳：「大曰鴻，小曰雁。」鴻雁皆同類候鳥。黛玉寄居賈府，似「鴻雁來賓」，客中孤立無歸屬感，而多病愁弱，感人生如雪泥鴻爪。其丫嬛時僅十歲，「甚小」，故作者為取名雪雁，以襯托其主人身世。襲人服侍賈母時名珍珠，給了寶玉，易名襲人，作者是有深意的❿。這裡鸚哥本為服侍賈母時的名字，給了黛玉便改為紫鵑，亦有其作用。

「紫鵑」不作紫色的杜鵑花解，理由是與「雪雁」相伴，二者同是鳥名，物以類聚，飛鳥投「林」，故服侍林黛玉於多竹的瀟湘館。

晉常璩華陽國志：「後有王曰杜宇，……七國稱王，杜宇稱帝，號曰望帝，更名蒲卑。……會有水災，其相開明決玉疊山以除水害，……遂禪位於開明。帝升西山隱焉。時適二月，子鵑鳥鳴，故蜀

---

❽ 同❻卷八，頁八甲面。按：前一批係夾行批。
❾ 施注蘇詩卷之一。原詩為七律，此取其前四句。
❿ 參見本書頁一七五。

人悲子鵑鳥鳴也。」⓫

本草綱目引荊楚歲時記：「杜鵑初鳴，先聞者主別離。學其聲，令人吐血。」子鵑與紫鵑音同，故不直用「子鵑」，而以「紫」代「子」，以與雪雁之雪之白色相對，故名「紫鵑」。杜鵑啼聲似「不如歸」，暗示黛玉寄居賈府的不能得志，漸漸進入吐血的歲月，那麼染了血的杜鵑便成為紫紅色的杜鵑了。這就是紫鵑改名的隱義。

從以上的例證，可以見紅樓夢作者的寫作技巧極為高超，用丫嬛的名字，襯托渲染其主人的命運，曲折深隱如是，為其他小說所無。

⓫ 華陽國志・卷三・蜀志。

紅樓夢的虛構人物

紅樓夢是一部隱著真事的小說，其中的時、地、事、物有真有假，人物也有虛構的，賈赦便是其中之一。書中述賈家的世系梗概見第二回：

當日寧國公（脂批：演）與榮國公源是一母同胞弟兄兩個。寧公居長，生了四個兒子；寧公死後，長子賈代化襲了官，也養了兩個兒子，長子賈敷，至八九歲上便死了，只剩了次子賈敬，襲了官，……一子名喚賈珍，……生了一個兒子，今年纔十六歲，名叫賈蓉。榮公死後，長子賈代善襲了官，娶的金陵世勳史侯家的小姐為妻，生了兩個兒子，長子賈赦，次子賈政。……賈赦襲著官，……政老爹的夫人王氏，頭胎生的名喚賈珠，……不到二十歲，就娶了妻生子，病死了。第二胎生了一位小姐，……不想次年（筆者按：次年當為晚年或後來之誤，行草類似，抄謄者失察致誤）又生了一位公子，名叫作寶玉。……若問那赦公，也有二子，長名賈璉，今

已二十來往了。❶

表列如後：

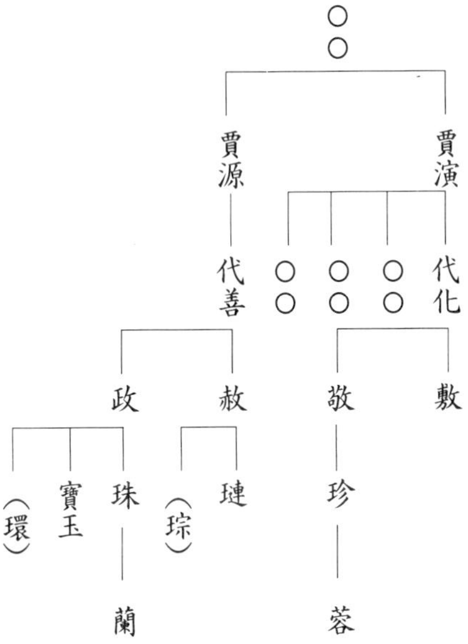

由林黛玉眼中介紹榮國府住宅分配，見紅樓夢第三回：

又往西行不多遠，照樣也是三間大門，方是榮國府了。卻不進正門，只進了西邊角門，……小

❶甲戌本卷二，頁七乙面至頁一三甲面。

小三間內廳，廳後就是後面的正房大院，正面五間上房，皆是雕梁畫棟，兩邊穿山遊廊，……出了西角門，往東，過了榮府正門，便入一黑油大門中，至儀門前方下來。……黛玉度其房屋院子，必是榮府中之花園隔斷過來的。進入三層儀門，果見正房廂廡遊廊，悉皆小巧別致，不似方纔那邊軒峻壯麗。……一時黛玉進入榮府，下了車，……便往東轉彎，穿過一個東西的穿堂，向南大廳之後，儀門內大院落，上面五間大正房，兩邊廂房鹿頂耳鑽山，四通八達，軒昂壯麗，比賈母處不同。……是榮禧堂，……原來王夫人時常居坐宴息亦不在這正堂。……王夫人因說：「你舅舅今日齋戒去了，再見罷。」❷

茲就上文析論於後：

1. 賈赦為賈代善長子，襲爵榮國公。榮禧堂是榮國府正堂，軒昂壯麗，身為現爵的榮國公不住該住的正堂正院，反而住在榮國府小巧別緻的東院，而且竟然與正堂隔斷了，使晨昏定省侍膳的邢夫人要乘車由榮府大門進出，顯然不是長子在宗法社會的地位。榮國府是敕造的賜第，由榮國公居正堂是國家制度，不容改變的。不管賈母史太君如何偏心愛小兒子，也不敢違背朝廷禮數，且身為誥命夫人，平常最講究禮數的她，決不會老背晦到這種程度。

2. 賈母次子賈政，知書達禮，現任工部主事，是有官職無爵位的人，照理他應住在隔斷了的東院。

---

❷ 同❶卷三，頁三至頁九乙面。

今反而住在榮府正堂而居之不疑，一乖官場倫理，二乖長幼之序，與賈政敬慎的個性不合。

3.賈政妻王夫人對林黛玉只說：「你舅舅今日齋戒去了，」口氣顯示黛玉只有一個舅舅賈政。如書中所見賈赦為賈政的親兄，又是長兄，王夫人應說：「你二舅今日齋戒去了，」這是古代的定稱，不能省略的。

4.黛玉先去東院拜見賈赦時，賈赦之妻「邢夫人讓黛玉坐了，一面命人到外面書房中請賈赦。」脂硯齋旁批：「這一句都是寫賈赦，妙在全是指東擊西，打草驚蛇之筆。若看其寫一人即作此一人看，先生便呆了。」❸似乎告訴讀者，「寫一人」不要「作此一人看」。

由以上四點析論來推斷，賈赦是書中虛構的人物，賈政才是榮國府真正的主人。賈赦與「假設」同音，紅樓夢的作者為了使小說生動，故意假設這個人物，用來反襯實有其人的賈政而已。再舉一條證據：

紅樓夢第七十五回：

賈赦乃要（賈環的）詩瞧了一遍，連聲讚好。……又拍著賈環的頭笑道：「已後你就這麼做去，方是偺們的口氣。將來這世襲的前程，定跑不了你襲的呢。」❹

❸ 同❶卷三，頁八甲面。

❹ 庚辰本頁一七三六。

賈赦是現任榮國公，百年之後爵位也必是傳給自己的長子賈璉，或次子賈琮。即使預知自家爵祿不保，遲早會到賈政手上，也將由寶玉或賈蘭承襲。不會由賈環來襲。如書中賈赦的口氣，豈非咀咒自己？

綜合以上的論證，可以明白看出賈赦是假設的人物，也就是紅樓夢中假的一部分。

樹倒猢猻散與曹寅

紅樓夢第十三回：

若應了那句「樹倒猢猻散」的俗語，豈不虛稱了一世的詩書舊族了。脂硯齋眉批：「樹倒猢猻散」之語，全（今）猶在耳。曲（屈）指三十五年矣，傷哉！寧不慟殺。❶

紅樓夢第二十八回：

寶玉笑道：聽我說來，如此濫飲，易醉而無味。我先吃一大海，發一新令。有不遵者，連罰十大海，遂出席外與人斟酒。

脂硯齋旁批：

❶ 甲戌本卷一三，頁二甲面。

誰曾經過？嘆嘆！西堂故事。❷

按：庚辰本無此批，眉批則作：「大海飲酒，西堂產九臺靈芝日也。批書至此，寧不悲乎？壬午重陽日。」❸似為畸笏叟所批，他將寶玉，薛蟠等飲酒的真事批出，地點批出是在曹寅織造任上住的織造署。壬午是乾隆二十七年（一七六二），是畸笏叟批書時間。

「樹倒猢猻散」是曹寅說過的話，見周汝昌紅樓夢新證・史事稽年引施瑮隋村先生遺集卷六葉十一：

自題小照，圖設楝亭校書，識所重，抑不敢忘所自也。

憔悴何勞妙寫生，箇中風景黯傷情。婆娑一樹猶如昔，……從誰更覓楝亭秋。

又引同書卷六葉十六病中雜賦：

楝子花開滿院香，幽魂夜夜楝亭旁，廿年樹倒西堂閉，不待西州淚萬行。

自注：

❷同❶卷二八，頁一〇甲面。

❸庚辰本頁五九八。

曹楝亭公時拈佛語對坐客云：「樹倒猢猻散。」今憶斯言，車輪腹轉，以瑮受公知最深也。楝亭、西堂，皆署中齋名。❹

周汝昌按：「施詩中『樹倒猢猻散』一典，又出宋人談藪所載曹詠樹倒猢猻散賦，以刺秦檜戚黨。（曹）寅之拈此，亦自用曹姓故事。」❺

曹寅對賓客施瑮等人所說「樹倒猢猻散」一語，自然也會拈來對家人說。現在要探討的，是曹寅說這句話當時心中的「樹」和「猢猻」代表誰？茲分析如後：

一、「樹」指自己，「猢猻」指家人如子孫等，則表示曹寅預知身後家破人散。

這個可能不大。因為曹寅的兒子曹顒的表現，沒有使其父有悲觀的理由。康熙五十四年正月十二日，內務府奏請將曹頫給曹寅之妻為嗣並補江寧織造摺：「傳旨諭內務府總管：曹顒係朕眼看自幼長

❹ 周汝昌紅樓夢新證頁五一七。

按：拍案驚奇卷二十二，頁三二三，「俗語兩句說得好，『寧可無了有，不可有了無。』專為貧賤之人，一朝變泰，得了富貴，苦盡甜來，滋味深長。若是富貴之人，一朝失勢，落泊起來，這叫做『樹倒猢猻散』，光景著實難堪了。」「佛」語似為「俗」語之誤。

❺ 同❹。

成，此子甚可惜。朕所使用之包衣子嗣中，尚無一人如他者。看起來生長的也魁梧，拿起筆來也能寫作，是個文武全才之人。他在織造上很謹慎，朕對他曾寄予很大的希望。」❻曹寅卒後，康熙帝即以曹顒繼任織造。康熙五十四年曹顒卒，又以曹頫過繼，襲任江寧織造。因此說曹寅口中的「樹」不是自喻。

二、「樹」喻康熙帝，「猢猻」喻曹寅及其家人，是較合理的解釋。

康熙四十九年十月初二日曹寅奏設法補完鹽課虧空摺：「伏蒙御批：兩淮情弊多端，虧空甚多，爾須設法補完……臣從幼豢養，包衣下賤，屢沐天恩……臣於三月抵揚，即會院道傳命諸商，令其上緊督催補清舊欠，以仰副天心。」❼曹家自曹璽、曹寅、曹顒、曹頫，三代四人相繼任江寧織造，皆康熙所任命，一方面由於曹璽妻孫氏曾為康熙保母，一方面曹氏三代亦為勤慎能幹。曹寅當時眼見康熙春秋已高，一旦宮車晏駕，新君即位，不似康熙優容他，而追查其巨額虧空，則抄家、發配難免，所以常有「樹倒猢猻散」的憂慮，有意無意流露於家人、賓客間。

❻關於江寧織造曹家檔案史料頁一二五。
❼同❻，頁七八。

元春本來非皇妃

紅樓夢書中，北靜王水溶為王爵，其妃稱王妃，則元春之稱「王妃」，顯然是一種錯誤。

紅樓夢第十六回：

夏太監出來道喜，說偺們家大小姐晉封為鳳藻宮尚書，加封賢德妃。❶

此回回前總批：「借省親事寫南巡，出脫心中多少憶昔感今。」❷可見元春本非皇妃，只是借她代替皇帝，好寫出康熙南巡的「熱鬧」而已。而此回明載她是皇妃。

元春真實的身分是王妃，紅樓夢的作者在後文卻洩了底。皇妃與王妃，在君臣分際極嚴的帝制時代是不容混淆的。

紅樓夢第六十三回：

❶ 甲戌本卷一六，頁三乙面。

❷ 同❶，頁一乙面。

（探春）笑道：我還不知得個什麼呢？伸手掣了一根出來，……上面是一杏花。……詩云「日邊紅杏倚雲栽。」註云：「得此籤者必得貴婿。」大家恭賀一杯，共同飲一杯，……我們家已有了個王妃，難道你也是王妃不成。❸

周汝昌紅樓夢新證・人物考云：「（曹雪芹）二姑某，寅女，顒妹、適王子侍衛某。康熙四十八年二月初八日，曹寅一折奏道：『……臣愚以為皇上左右侍衛，朝夕出入，住家恐其稍遠，擬于東華門外置房移居臣婿，……臣有一子，今年即令上京當差，送女同往，則臣男女之事畢矣。』……這個侍衛也是一個王子，（按：曹寅長女嫁王子訥爾蘇。）因為永憲錄續編葉六十七說：『寅……二女皆為王妃。』」❹

據曹寅奏摺云，其二女皆王妃，相當紅樓夢元春、探春姊妹。所以第十六回的元春，其實只是王妃，也就是假皇妃，真王妃。因此又可推斷書中的賈政是假的，真實的人物是曹寅。

---

❸ 庚辰本頁一四〇七至一四〇八。
按：己卯本、有正本、全抄本、列藏本皆作「王妃」。

❹ 周汝昌紅樓夢新證頁九六至九七。又見頁六三五。

帶領與代修

甲戌本紅樓夢第十三回：

彼時賈代儒帶領賈敕、賈效、賈敦、賈赦、賈政，……等都來了。❶

庚辰本紅樓夢第十三回「帶領」作「代修」❷為賈氏家族人名之一。

馮其庸等紅樓夢校注第十三回作：「彼時賈代儒、代修、賈敕……」校云：「己卯、蒙府、戚序、舒序、甲辰、程甲本均同底本（按：底本指庚辰本），夢稿本（全抄本）作『賈代儒、賈代修』；唯甲戌本作『賈代儒帶領。』從底本。」❸

紅樓夢校注的取捨，似採用服從多數作「代修」的本子而決定的。筆者則認為甲戌本作「帶領」

❶ 甲戌本卷一三，頁四。

❷ 庚辰本頁二二四。脂硯齋行右批（前用夾行批，今正，後仿此）。

❸ 紅樓夢校注頁二〇七。

是對的，而其餘各本作「代修」或「賈代修」都是錯的。

代字輩人名的下一字，都是從人旁。說文：「儒，柔也，術士之稱。从人，需聲。」「修，飾也。从彡，攸聲。」則「代儒」與「代修」不同偏旁，和其下一代皆同攴字旁如賈敕、賈效、賈敦、賈赦、賈政異，由此可證「代修」並無其人。

庚辰本代、帶二字，因音同，常以「代」代「帶」。如第三回：

帶了兩個小童依附代玉而行。❹

賈母命兩個老嬤嬤，代了代玉去見兩個舅母時。❺

親與他代上。❻

代玉只代了兩個人來。❼

末二例兩個代字皆點去，旁添「帶」字，顯然原抄者是用「代」，而後人改作「帶」。因此可推見庚辰本的原稿或底本原作「彼時賈代儒代領賈敕……」，抄者習以「代」代「帶」，而易去「帶」字。

---

❹ 庚辰本頁四四。
❺ 同❹，頁五一。
❻ 同❹，頁六三。
❼ 同❹，頁六三。

領字因原稿為行草書，字形很像修字，抄者鑒於「代儒」的儒是人字旁，把領字的行書看成修字，而把「代領」寫成「代修」了。抄者根本不知修字不是人旁，而是彡旁，因此而始誤，己卯以下各本，乃至列藏本❽，都沿襲了這個錯誤，只有甲戌本還保存了原稿的真相。周汝昌從文例及甲戌本而推代修「本無此公」，正確❾。

由此可見，甲戌本的底本最早，也最接近原稿，是獨立的一個系統。己卯本、庚辰本等是有血緣關係的另一大系統。而全抄本和列藏本又是己卯、庚辰本系統中的一支。可以說甲戌本的底本最早，己卯本、庚辰本次之，而全抄本（前八十回）和列藏本的底本最晚。

---

❽ 列藏本頁四三四。

❾ 紅樓夢新證·人物考：「按『代』字一輩，書中明敘的，只還有兩個人，而一個還不大靠得住，……原文共敘了二十七個人，都不省『賈』字，單單『代修』破例，接承代儒，借其『賈』字，于文例不合，本屬可疑。及檢甲戌本，則作：

彼時賈代儒帶領賈敕、賈效……等都來了。

原來『代修』不過是『帶領』的訛變，本無此公」（頁七五）。

賈母史太君與王夫人的本姓

紅樓夢第二回：

自榮公死後，長子賈代善襲了官，娶的金陵世勳史侯家的小姐為妻，生了兩個兒子，長子賈赦，次子賈政。……

這政老爹的夫人王氏❶。

周春閱紅樓夢隨筆以為賈母史太君本姓高。

其曰代善者，即恪定（侯）之子（張）宗仁也，……其曰史太君者，即宗仁妻高氏也，建昌太守琦女，能詩，有紅雪軒集。❷

❶ 甲戌本卷二，頁八。

❷ 紅樓夢卷（紅樓夢研究），頁六六六。

又云：

「阿房宮三百里，住不下金陵一個史，」案阿房宮下可以建五大（丈）旗，隱語高也。高氏旗籍，故云住不下金陵。❸

是以賈母史太君本姓高，旗人。

周汝昌紅樓夢新證・史事稽年：

按曹外家孫氏，疑此孫文成或亦曹（寅）之親戚也。❹

馮其庸曹雪芹家世史料的新發現：

曹寅的妻兄李煦，也是正白旗包衣，曾任三十年蘇州織造，並兼任巡視兩淮鹽課。……我們又知道，曹寅的母親姓孫，是康熙的奶媽。有人曾分析說，杭州織造孫文成有可能是曹寅的舅表兄弟。……曹寅曾在給康熙的奏摺中說過：「況孫文成係臣在庫上時曾保舉，實知其人。」……除曹李兩家已確知是內親外，孫馬兩家與曹家也都具有一些姻親關係的線索。那末說來，這四

---

❸ 同❷，頁六九。

❹ 周汝昌紅樓夢新證頁四五三。

家很可能「連絡有親」，就不為無據了。❺

筆者以為，曹寅之母孫氏，為紅樓夢中之賈母史太君的真實身分，而書中賈政之妻王夫人，則是曹寅之妻李氏的化身。

歷史以記世系。史、世音同。孫字析為子系，子系即世系。說文：「孫，子之子曰孫，从系子，系，續也。」段注：「系於子也。」孫嗣續於子，故人生子，其子為另一世，所以用「史」隱藏真實姓氏「孫」。

百家姓：「趙錢孫李，周吳鄭王。」「李」、「王」相對應，故以「王」代「李」。李姓系出理官皋陶之後，理字從玉，偏旁寫成王，故以「王」姓隱藏真實的「李」姓，則紅樓夢中的史太君本姓孫，而其媳王氏的本姓為李。則書中的賈政即為曹寅的寫照，那麼紅樓夢書中的時代背景為康熙晚年了。

❺ 馮其庸曹雪芹與紅樓夢頁三五至三六。

湘雲枕花

紅樓夢第三十八回：

賈母聽了，又抬頭看匾，因回頭向薛姨媽道：「我先小時，家裡也有這麼一個亭子，叫做什麼『枕霞閣』」❶

同回：

說著只見史湘雲走來，將第四、第五對菊、供菊一連兩個都勾了，也贅上一個湘字。探春道：你也該起個號。湘雲笑道：我們家裡如今雖有幾處軒館，我又不住著，借來了也沒趣。寶釵笑道：方才老太太說，你們家也有這個水亭，叫做秋露閣（秋露圈去，旁添枕霞），難道不是你的！如今雖沒了，你到底是舊主人。……

❶ 庚辰本頁八〇八。

對菊　枕霞舊友❷

此是史湘雲號「枕霞舊友」之來由。其實與唐韓偓詩有關。韓偓懶起詩（一作閨意）：

百舌喚朝眠，春心動幾般。枕痕霞黯澹，淚粉玉闌珊。籠繡香煙歇，屏山燭燄殘。煖嫌羅襪窄，瘦覺錦衣寬。昨夜三更雨，今朝一陣寒。海棠花在否，側臥卷簾看。❸

「枕痕霞黯澹」，「海棠花在否」，「側臥卷簾看」，其中的「枕霞」，「海棠花」，「側臥」便集中歸附到史湘雲身上。

紅樓夢第六十三回：

湘雲笑著，揎拳擄袖的伸手掣了一根出來。大家看時，一面畫著一枝海棠，題著「香夢沉酣」四字；那面詩道是：

只恐夜深花睡去

---

❷ 同❶，頁八一六至八一七。

按：「秋露」二字行草書與「枕霞」極似，抄手所據底本必為行草書（如全抄本），而抄手誤認作「秋露」，後自己發覺，乃圈去，旁添「枕霞」二字。

❸ 全唐詩卷六八三，頁七八三二。

代（黛）玉笑道：「夜深」兩個字改「石涼」兩個字。眾便知他趣白日間湘雲醉臥的事。❹

紅樓夢第六十二回：

只見一個小丫頭笑嘻嘻的走來，姑娘們快瞧雲姑娘去，吃醉了圖涼快，在山子後頭一塊青板石凳上睡著了……果見湘雲臥于山石僻處一個石凳子上，業經香夢沉酣，……他又用鮫綃帕包了一包芍藥花瓣枕著。❺

湘雲醉臥，則臉亦當紅如霞，故號「枕霞」。有正本該回回前總批：

湘雲喜飲酒，何等疏爽。❻

芍藥花有赤、白二色，紅色花瓣似片紅霞，包而為枕，亦合「枕霞」的意思。可見這些情節自韓偓懶起詩化來。

❹庚辰本頁一四〇八至一四〇九。有正本「趣」上有「打」字，是。
❺同❹，頁一三八二，有正本「笑嘻嘻的走來」下有「說」字，則庚辰本漏抄。
❻有正本頁二三三三。

兩個重要的謎語

紅樓夢中有兩個謎語，隱藏著兩個真實人物的名號，由這兩個人暗示出書中故事的時代背景；同時，從這兩謎語，可見紅樓夢作者的慧思巧運和煞費苦心。

紅樓夢第二十二回：

賈母笑道：你（賈政）在這里（裡），他們都不敢說笑，沒的到叫我悶。你要猜謎時，我便說一個，……便唸道：

猴子身輕站樹梢。打一果名

賈政已知是荔枝，便故意亂猜別的，罰了許多東西，然後方猜著。……

（賈政）然後也念了一個與賈母猜。念道：

身自端方，體自堅硬；雖不能言，有言必應。❶

❶ 庚辰本頁四六八至四六九。

脂硯齋在前一謎下雙行批：「所謂樹倒猢猻散是也」，「的是賈母之謎」。又於後一謎一雙行批：「好極！的是賈老之謎，包藏賈府祖宗自身。『必』字隱『筆』字，妙極！妙極！」❷

賈母的謎是出給其子賈政猜的。謎底雖是荔枝，諧音為「離枝」，所以脂硯齋批「樹倒猢猻散」，象徵賈府的榮華即將結束，靠山一倒，子孫流離。此外，更深一層是隱藏著紅樓夢故事的重要人物曹寅在內。

周汝昌考出：「八旗藝文編目‧子部葉四十云：『（曹）寅，字子清，一字幼清，一字楝亭，號荔軒，一號雪樵，自稱西堂掃花行者，』……所以『荔軒』、『楝亭』皆是號而非字。而『楝亭』其尤晚出者也。」❸

曹寅號「荔軒」，與「紅樓」意義相類，都是紅色的軒館樓臺。賈母出荔枝謎給她的兒子賈政猜，這豈非暗示賈政即曹寅的化身？同樣，賈政出給賈母猜的謎，也跟賈母的真正身份有關。

脂硯齋在後一謎下的雙行批，顯示謎底有賈府的某祖宗名字在內，而此祖宗應即賈母之夫曹璽❹。

五慶堂曹氏宗譜副本：

---

❷ 同❶。

❸ 紅樓夢新證頁四四。

❹ 似乎有人曾猜此謎所藏真實人物即曹璽，待考。

九世錫（錫）遠，從龍入關，分入內務府正白旗。子貴，誥封中憲大夫；孫貴，晉贈光祿大夫。生子振彥。

十世振彥，錫遠子，浙江鹽法道，誥授中憲大夫。子貴，晉贈光祿大夫。生二子，長璽，次爾正，一譜作鼎。

十一世璽，振彥長子，康熙二年任江南織造，晉工部尚書，誥授光祿大夫，崇祀江南名宦祠。生二子，長寅，次荃。

爾正，另譜名鼎，振彥次子，原任佐領，誥授武義都尉，生子宜。

十二世寅，璽長子，字子清，又字楝亭，康熙三十一年督理江寧織造，四十三年巡視兩淮鹽政，累官通政使司通政使。誥授通奉大夫，著有楝亭藏書十二種……生二子，長顒，次頫。

顒，寅長子，內務府郎中，督理江南織造，誥授中憲大夫，生子天佑。

頫，寅次子，內務府員外郎，督理江南織造，誥授朝議大夫。

頎，宜子。原任二等侍衛兼佐領，誥授武義都尉。

十四世天佑，顒子。官州同。❺

從曹氏宗譜看來，只有曹璽的「璽」字義，符合賈政的謎底。康熙二十三年未刊稿本江寧府志·

❺ 馮其庸曹雪芹家世新考頁五五至六一。

曹璽傳：「曹璽，字完璧。」❻

「璧」與「筆」音同，「應」與「印」音同，璽、印義同，所以說賈政的硯臺謎，實際上是印璽謎。古代認為夫婦一體，故賈政用來給賈母猜，與賈母用荔枝謎給賈政猜的含意一致。也就是說，賈母的真實人物是曹璽的夫人，曹寅的母親。曹璽相當於紅樓夢中的賈代善。「代善」即「代繕」，用「璽」「印」字，取代手繕寫的意思。

❻ 曹雪芹與紅樓夢，書影。

賈政與曹寅

紅樓夢前八十回中的賈政，是真實人物曹寅的隱形，而不是曹頫。現論證如下。

紅樓夢第二回：

次子賈政，自幼酷喜讀書，祖父最疼。❶

江寧府志・曹璽傳：

甲子六月，又督運；瀕行，以積勞感疾，卒于署。……又奉旨，以長子寅仍協理江寧織造事務，以纘公緒。寅敦敏淵博，工詩、古文詞。❷

曹璽卒於康熙二十三年甲子六月。紅樓夢中的賈政，不但見到了祖父，還因喜讀書而為祖父所最

❶ 甲戌本卷二，頁八甲面。小說中故意將賈政排為次子，以隱去真實。

❷ 馮其庸曹雪芹家世新考頁九五，影康熙二十三年未刊稿本江寧府志・曹璽傳。

疼愛的孫子。頗符合曹寅的條件❸。曹頫則沒有見到祖父曹璽。康熙二十九年四月初四日總管內務府為曹順等人捐納監生事咨戶部文：

> 其中所列捐納監生的（曹）寅、荃諸子中，包括了年僅二歲的曹顒，和三歲的曹顏，卻無曹頫之名。可知其時曹頫尚未出生。……他的生年可以推定在康熙三十五年至三十七年之間。❹

雍正五年正月，兩淮巡鹽御史噶爾泰奏摺：

> 訪得曹頫年少無才，人畏縮，織造事務，俱交與管家丁漢臣料理。奴才在京見過數次，人亦平常。❺

---

❸ 周汝昌紅樓夢新證・史事稽年：「一六五八，清順治十五年戊戌，曹振彥去兩浙鹽法道任。……后此為另任擢遷，抑致仕，卒官，不可得考。以氏族譜僅載至鹽法道而言，似以後二者可能較大。九月初七日，曹寅生，一歲。」頁二六一。

按：筆者認為曹振彥是年為致仕可能性大。如果卒官，曹璽傳應書「仕至浙江鹽法道，著惠政，卒於官。」傳未書，則明示非任上卒。從紅樓夢看來，可能他活到曹寅六七歲，眼見其孫「喜讀書」，而最疼愛曹寅。

❹ 朱淡文紅樓夢研究頁四二三至四二四。

❺ 張書才新見有關曹頫的檔案史料漫談，載紅樓夢學刊一九九一第四輯頁二六七。

不只曹頫，連其兄曹顒都沒見到祖父曹璽。噶爾泰的奏摺應是實事，可見曹頫到雍正五年還是個「年少」的人；沒有才幹勇於任事，與書中的賈政屢為欽差、獨當一面的精明幹練不同。

紅樓夢第三回：

二內兄名政、字存周，現任工部員外郎。其為人謙恭厚道，大有祖父遺風。……這賈政最喜讀書人，禮賢下士，拯溺濟危，大有祖風。❻

這段對賈政的介紹，簡直就是對曹寅的考語。曹頫繼曹顒任江寧織造見康熙五十四年三月初七日曹頫奏謝繼任江寧織造摺：

江寧織造主事奴才曹頫謹奏，為恭謝天恩事。竊奴才於二月初九日，奏辭南下，於二月二十八日抵江寧省署，省覲老母，傳宣聖旨，全家老幼，無不感激涕零。叩頭恭祝萬壽無疆。奴才謹於本月初六日上任，接印視事。……❼

據朱淡文考證，則曹頫是年任江寧織造才二十或二十二歲。據曹頫的奏摺看來，此前尚在京中當差；此後家道衰落，事務初接，一定戰戰兢兢，忙於公私事務；沒有經濟力量和時間去「拯溺濟危」。

❻ 甲戌本卷三，頁一至頁二乙面。

❼ 關於江寧織造曹家檔案史料頁一二八。

到雍正上任，即連自己都是「泥菩薩過河」，在雍正嚴禁結黨的作風下，曹頫敢「禮賢下士」嗎？何況以「年少」的他，還沒有這個名望為賢士所趨詣呢。有人認為紅樓夢中的賈政是曹頫，都是受了八十回後補作的四十回中賈政描述的影響，完全背離了原作者對賈政的造型。看賈政有保荐賈雨村而「題奏」的資格，曹頫有嗎？以曹寅和康熙的關係看，便不足為奇了。所以說賈政是曹寅的化身比是曹頫更確鑿。因此曹雪芹如是曹天佑，則曹頫即脂硯齋、也就是書中的寶玉；如曹雪芹為曹頫子，則曹頫有弟脂硯齋、即書中的寶玉。

再舉一證，以明賈政相當於江寧織造曹寅其人。前引江寧府志・曹璽傳：「(長子) 寅敦敏淵博，工詩、古文詞。」請注意紅樓夢中賈敦、賈敏是賈政的兄弟姊妹取名的根據。

從賈寶玉生日看曹天佑與曹雪芹

上文賈政與曹寅中，已證書中的賈政是史實上的曹寅。再從寶玉的生日，也可確定小說中的人物與實際人物的身分關係。

紅樓夢第二十三回：

賈政舉目，見寶玉站在跟前，神彩飄逸，秀色奪人。……自己的鬍鬚將已蒼白。❶

同書第三十三回：

（賈政責打寶玉）王夫人連忙抱住，哭道：老爺雖然應當管教兒子，也要看夫妻分上。我如今已將五十歲的人，只有這個孽障。❷

❶ 庚辰本頁四七八。
❷ 同❶，頁七〇四。

同書第七十一回：

話說賈政回京之後，諸事完畢。賜假一月，在家歇息。因年景漸老，事重身衰。❸

可見賈政在書到三十三回時，其妻將五十歲，自己鬍鬚將蒼白；此年寶玉是十四歲。到七十一回，賈政年將老，身衰，這時其子寶玉已十六七歲。而雍正五年，曹頫家將被抄時，曹頫仍是「少年」，大約不過是三十歲的壯年，決非賈政老氣橫秋的造型。因此書中的寶玉便不是今人認為是曹頫的兒子雪芹，因為寶玉還有大他十歲左右的兄姐。

五慶堂曹氏宗譜：

顒，寅長子，內務府郎中督理江南織造，誥授中憲大夫，生子天佑。

頫，寅次子，內務府員外郎督理江南織造，誥授朝議大夫。

天佑，顒子，官州同。❹

康熙五十四年三月初七日江寧織造曹頫代母陳情摺：「竊奴才母在江寧，伏蒙萬歲天高地厚洪恩，將奴才承嗣襲職，保全家口。……奴才之嫂馬氏，因現懷妊孕已及七月，恐長途勞頓，未得北上奔喪。

---

❸ 同❶，頁一五九七。

❹ 馮其庸曹雪芹家世新考頁六一，影圖。

將來倘幸而生男，則奴才之兄嗣有在矣。」❺

則天佑即曹顒的遺腹子，生日應為康熙五十四年六月。

紅樓夢第一回：

一日炎夏永晝，士隱……夢至一處。……近日神瑛侍者凡心偶熾，乘此昌明太平朝世，意欲下凡造歷幻緣，已在警幻仙子案前掛了號。……將這蠢物交割清楚。……士隱大叫一聲，定睛一看，只見烈日炎炎，芭蕉冉冉。❻

這是寶玉投胎的天氣描寫。

同書第六十二回：

當下又值寶玉生日已到。……果見湘雲臥于山石僻處一個石凳子上，業經香夢沉酣，四面芍藥花飛了一身，滿頭臉，衣襟上皆是紅香散亂。❼

本草綱目：「芍藥，白者名金芍藥，赤者名木芍藥。集解：春生紅芽作叢，……夏初開花。……

❺ 關於江寧織造曹家檔案史料頁一二九。
❻ 甲戌本卷一，頁九至頁一一甲面。
❼ 庚辰本頁一三六四至一三八二。

三月開花。」❽

四季花卉：「芍藥，……花期為晚春至初夏。」❾

書中描寫寶玉生日，芍藥花已有大量凋落的現象。湘雲喝酒醉，怕熱而臥石取涼，顯然是在初夏。甄士隱夢中的僧道帶神瑛投胎時，「炎夏永晝」，「烈日炎炎，芭蕉冉冉」，當是過了立夏的陽光，熱得將芭蕉葉晒得下垂，日子長才符合「永晝」；非三月暮春的和煦陽光，白天尚短的景象。

由上比對，可見曹天佑不是書中的賈寶玉。

朱淡文考定曹頫生於康熙三十五年至三十七年之間❿。到康熙五十一年曹寅卒時，約十五到十七歲。這時曹雪芹尚未出生，應未見到祖父曹寅。敦誠寄懷曹雪芹霑詩自注：「雪芹曾隨其先祖寅織造之任。」⓫這話是不足採信的。即使曹頫早婚，雪芹一二歲見到祖父，也是尚在襁褓之中，對揚州連印象都沒有。何況曹寅卒後，曹顒、曹頫都不兼任揚州鹽政，何來「揚州舊夢」？曹雪芹卒於乾隆二十八年癸未。張宜泉傷芹溪居士自注：「年未五旬而卒」⓬，以活四十八歲計，曹雪芹當生於康熙五

---

❽ 本草綱目頁四九四。
❾ 四季花卉頁一一一。
❿ 朱淡文紅樓夢研究頁四二四。
⓫ 紅樓夢卷頁一。
⓬ 同⓫，頁八。

十五年，也沒有見到其祖父曹寅。

可見曹頫不符合賈政的身分、年齡；曹雪芹也不符合賈寶玉的身分條件。試想賈寶玉的兄姐大他十歲左右，其父曹頫不可能幾歲就生孩子。如此，曹雪芹便不是賈寶玉，紅樓夢也就不是曹雪芹的自傳。

寶釵的結局

三年前我曾為文辨李子虔寶釵后嫁雨村之說❶。近日見朱淡文偶因一著錯說：「薛寶釵後來因改嫁賈雨村而成為貴夫人。（參見吳世昌先生紅樓夢探源外編）……最終實現了她『好風憑借力，送我上青雲。』的心願。」❷

原來薛寶釵改嫁賈雨村之說，始於吳世昌，且已有兩位紅學者贊同而加以肯定，坐實。恐怕是「偶因一著錯」，而使寶釵「便為」貴夫「人」的一失誤？抑是沒弄清楚紅樓夢原作對寶釵的造型？茲從下列幾方面來提出異於吳、李、朱三人的意見。

一、畫冊判詞及紅樓夢曲文

紅樓夢第五回，寫賈寶玉在「太虛幻境」的「薄命司」中，看到的畫冊與判詞，以及聽到的曲文，

---

❶ 參見本書頁二三一。

❷ 紅樓夢研究頁七八。

分別是金陵十二釵等一生命運的提要。這分「提要」和「薄命司」三字，不啻是她們命運的「憲法」。凡與畫冊判詞及紅樓夢曲文牴觸或不合的任何猜測都是錯誤的。

紅樓夢第五回：

可嘆停機德（脂批：此句薛。）

堪憐詠絮才（脂批：此句林。）

玉帶林中掛

金簪雪裡埋（脂批：寓意深遠，皆生非其地之意。）❸

首句用樂羊子妻斷機勸夫不可中斷學業以取功名事，以喻薛寶釵勸賈寶玉仕途經濟。末句指寶釵結局，當與第三句指林黛玉卒同意，即黛玉已就木，寶釵亦冷藏以終身。

試問，如果像吳說，寶釵後嫁賈雨村，怎會說「金簪雪裡埋」呢？脂批「寓意深遠，皆生非其地」，不易確詁，但「皆」字足以顯示林、薛兩人的命運相同。作者用「可嘆停機德」來形容她，有十分敬意在其中。如果她改嫁給忘恩負義的賈雨村，作者決不會用這種句子來頌揚她。請看襲人後嫁蔣玉菡，作者用「堪羨優伶有福」，毫無疏漏，何況寶釵改嫁，難道無一字提及？退一步說，寶釵後改嫁雨村，為貴夫人，則為何又在「薄命司」？為何將她與黛玉合在一個畫頁及判詞中？豈不太不搭調了？我認

❸ 甲戌本卷五，頁七乙面。

為寶釵亦在寶玉出家不久即卒，作者不用「土」字而用「雪」字，是針對上文的「林」字是代表黛玉的姓氏，故用雪的諧音薛，乃不用「土」，因一個埋字已足。

二、居處寓意

寶釵入榮國府，初居梨香院，後居蘅蕪院。作者安排這環境給她，與她的性格、修養、命運是一致的，猶黛玉之於瀟湘館，寶玉之於怡紅院。

紅樓夢第四回：

> 原來這梨香院乃當日榮公暮年養靜之所。❹

梨諧音離，暗示她與寶玉成婚後，寶玉出家為僧。寶釵十五歲生日點的一齣山門中的一支寄生草，暗示寶玉日後出家。梨花白，隱雪字，示其姓及寶釵肌膚色澤。言其將來如暮年人之冷清孤寂一般的命運。

紅樓夢第十七回至十八回：

> (蘅蕪院）一株花木也無。只見許多異草……薜荔藤蘿不得如此異香，……五間清廈，……比

---

❹同❸卷四，頁一一乙面。

前幾處清雅不同。❺

又第二十三回：

薛寶釵住了蘅蕪院。❻

賈政帶清客等察看大觀園，來至蘅蕪院，其中一清客題的對聯是：

麝蘭芳靄斜陽院

杜若香飄明月洲

眾人道：「妙則妙矣，只是斜陽二字不妥。」那人道：古人詩云「蘼蕪滿手泣斜暉。」眾人道：「頹喪頹喪。」❼

貴妃幸憩之處，忌諱「斜陽」，卻寫出了寶釵「泣斜暉」的心情和結局。蘅蕪院中的「清廈」、「清雅」，奇草異蔓交織成的一片冷清，一則其主人的際遇可知矣。這些藤蘿異草多是中藥材，冷香撲鼻，

---

❺ 庚辰本頁三三〇至三三二。
❻ 同❺，頁四八〇至四八一。
❼ 同❺，頁三三二。

象徵其人的性格修為，對日後的寶玉來說，是良藥苦口；與上述寶釵的考語「停機德」是一致的。

紅樓夢第四十回：

一同進了蘅蕪苑，只覺異香撲鼻，那些奇草仙藤，愈冷愈蒼翠。……及進了房屋，雪洞一般，一色玩器全無。案上只有一個土定瓶，中供數十菊花，並兩部書、茶甌茶杯而已。床上只掛著青紗帳幔，衾褥也十分樸素。……（賈母說）二則年輕的姑娘們，房裡這樣素淨也忌諱。❽

寶釵臥室的陳設，素淨得如孀居，被賈母看出來了，要替她改設。那案上樸質的花瓶，暗示她將「定」守其「貧」到歸「土」。活著時也如一支秋菊傲霜節，獨戰西風，看書飲茶度日而已。

三、春燈謎語

紅樓夢第二十二回：

暫記寶釵製謎云

朝罷誰攜兩袖烟　琴邊衾裡總無緣

曉籌不用人雞報　五夜無煩侍女添

---

❽同❺，頁八六二。

焦首朝朝還暮暮　煎心日日復年年
光陰荏苒須當惜　風雨陰晴任變遷❾

這當是畸笏叟的讖語，尚未抄入正文。此謎相當於前述的判詞、曲文，也是寶釵結局的有力證據。「光陰荏苒須當惜」，和寶釵的思想及日常生活一致。

四、柳絮詞

寶釵填的臨江仙詠柳絮詞，可能是導致誤以她改嫁「證據」之一，因為其中「好風頻借力，送我上青雲」之句❿。

薛家進京除了避禍外，主要是送寶釵待選，情況和元春相類。寶玉固然才貌稀有，又和寶釵的金鎖是一對，但她也明白他的思想性格和自己不同，嫁給他的後果當先知曉，但母命甚至元春之命難違。

❾同❺，頁四七二。全抄本此詩派給了黛玉。戚本同庚辰本，是寶釵所作，惟「人雞」作「雞人」，是。今據紅樓夢校注：「謎底是更香，用以暗示薛寶釵以後孤淒寡居的結局。……『琴邊』句，意謂更香與彈琴時的鼎爐之香和熏被褥之香均無關，意寓寶釵同琴瑟和諧的夫妻生活終究是沒有緣分的。」（頁三五七）定為寶釵詩謎。

❿同❺，頁一五九一。

作此詞時的心態是否意味著青雲指宮中呢？這豈是雨村所能比。庚辰本第二十二回脂批：「將薛林作甄玉賈玉看，則不失執筆人本旨矣。丁亥夏，畸笏叟。」林、薛不分軒輊明矣。綜合上論，可見寶釵未改嫁為雨村的貴夫人，而是過著很不「僥倖」的冷淒孤寂的生活。

香菱與夏金桂

薛蟠妾香菱，本名英蓮，妻名夏金桂。妻妾二人的命名，暗示了香菱的不幸，是由於夏金桂。

紅樓夢第一回：

甄費字士隱，……只有一女，乳名英蓮，年方三歲。❶

同書第七回：

薛姨媽忽又笑道：你且站住，我有一宗東西，你帶了去罷。說著便叫香菱。

脂硯齋雙行批：

（香菱）二字，仍從蓮上起來。蓋英蓮者，應憐也；香菱亦相憐之意。此是改名之英蓮也。❷

---

❶ 甲戌本卷一，頁八乙面至頁九甲面。

❷ 同❶卷七，頁三乙面。

英蓮入薛家後，便改名為香菱，是薛寶釵改的。

同書第七十九回：

寶玉道：正是，說的到底是那一家的？……香菱道：他本姓夏，非常富貴，……凡這長安城裡城外桂花局子，俱是他家的。……因他家桂花多，他小名就喚做金桂。……一日金桂無事，因和香菱閑談。問香菱，……香菱二字是誰起的名字？香菱便答道，是姑娘起的。金桂冷笑道：人人都說姑娘通，只這一個名字就不通。❸

同書第八十回：

話說金桂……拍著手冷笑道：菱角花誰聞見香來着？……香菱道：不獨菱角花，就連荷葉蓮蓬都有一股清香的。……金桂道：既這樣說，香字竟不如秋字妥當。菱角花皆盛於秋，……自後遂改了秋菱。❹

夏金桂的名字，重點在金；桂字音同貴，亦即書中說他家「非常的富貴」，多金的意思，不在它是桂樹桂花的字面義，只表示桂夏盛秋榮；秋於五行屬金，故名夏金桂。

❸ 庚辰本頁一八四四至一八五二。

❹ 同❸，頁一八五四至一八五六。

紅樓夢第五回：

又去開了副冊廚門，拿起一本冊來，揭開看時，只見畫着一株桂花，下面有一池沿，其中水涸泥乾，蓮枯藕敗。後面書云：

根並荷花一莖香，平生遭遇實堪傷；
自從兩地生孤木，致使香魂返故鄉。❺

馮其庸等紅樓夢校注云：

畫面「一枝桂花」暗指「夏金桂」，「蓮枯藕敗」隱指英蓮及其結局。根並荷花，指菱根挨著蓮根，隱寓香菱就是原來的英蓮。兩地生孤木，拆字法，兩個「土」（地）字，加一個「木」字，指「桂」，寓夏金桂。照畫面與後二句判詞，香菱的結局當被夏金桂虐待致死。續書（按指八十一回至百二十回）寫香菱最後扶正，似與曹雪芹的原意相反。❻

解盦居士石頭記臆說：

❺ 甲戌本卷五，頁七。
按：「池沿」，己卯本，庚辰本，戚本，全抄本皆作「池沼」，甲戌本誤抄。

❻ 紅樓夢校注頁一〇〇。

> 香國飄零，故改名香菱。眾芳至秋零落殆盡，故再改曰秋菱。❼

以零菱音近。菱，蓮皆夏日開花，秋天枯敗。夏金桂把香菱改名秋菱，意即使菱逢秋。英蓮，香菱在五行上屬木，木遇金必遭剋。金桂故意說「菱角花盛於秋」，把香菱的香字除掉，使她無人與之相憐；秋屬金，金逢屬木的菱，暗示香菱的死，是由於夏金桂，且時間當在夏金桂嫁薛蟠不久後❽。由此可見紅樓夢的作者，對其中人名的寓意上頗費心思。

---

❼ 紅樓夢卷頁一九〇。

❽ 有正本第八十回回目：「懦弱迎春腸迴九曲，姣怯香菱病入膏肓。」

賈寶玉與脂硯齋

紅樓夢第一回敘述賈寶玉的來歷：

原來女媧氏煉石補天，……剩了一塊未用，便棄在此山青埂峰下。……那僧便念咒書符，大展幻術，將一塊大石登時變成鮮明瑩潔的美玉，且又縮成扇墜大小的可佩可拿。……時有赤瑕宮神瑛侍者，日以甘露灌溉這絳珠草，……近日神瑛侍者凡心偶熾，……意欲下凡造歷幻緣，……士隱接了看時，原來是塊鮮明美玉。❶

同書第八回：

寶玉亦湊了上去，從頂摘了（玉）下來，遞與寶釵手內。寶釵托於掌上，只見大如雀卵，燦若

❶ 甲戌本卷一，頁四至頁一一甲面。

明霞，瑩潤如酥；五色花紋纏護。這就是大荒山中，青埂峰下的那塊頑石的幻相。❷

脂硯齋在「赤瑕宮」右旁批；「點紅字玉字二。」於「神瑛侍者」右旁批：「單點玉字二。」並於眉批：「赤瑕，字本注：玉小赤也。又玉有病也。以此命名恰極。」❸說文：「瑕，玉小赤也。」又：「瑛，玉光也。」脂硯齋所云「字本」當即指說文而言。寶玉與神瑛實一物，自形言為寶玉，自靈言為神瑛。寶玉的色為紅色如霞，所以投胎為賈寶玉，有愛紅的毛病。

紅樓夢第八回：

黛玉仰頭看裡間門斗上新貼了三個字，寫「絳芸軒」。❹

同書第二十三回：

---

❷同❶卷八，頁三乙面至頁四甲面。

❸同❶，頁九乙面。

按：「單點玉字二」，「二」字疑衍。

❹同❶卷八，頁一一乙面。

庚辰本「芸」作「雲」，己卯本同。戚本，全抄本，列藏本並作「芸」。按：作「芸」是。芸香為防書蟲物，宜為書房名。

> 薛寶釵住了蘅蕪院，林黛玉住了瀟湘館，……寶玉住了怡紅院。❺

絳芸軒與怡紅院，都是寶玉的住所。絳為赤色，與怡紅院意義同，只住所規模大小之別而已。

寶玉的前身是神瑛侍者，「日以甘露灌溉這絳珠草」，便是愛絳珠草的表示，所以降生為賈寶玉，特別喜愛紅。怡紅院蕉棠兩植，故匾題「怡紅快綠」。「黛」「綠」顏色一類；絳珠草即含紅綠的意思，此寶玉獨鍾情於林黛玉的先天原因，故住「怡紅院」，與生前住的「赤瑕」先後相呼應。

「脂硯」，是塊和「紅」有關的硯臺。或有紀念性，或有如紅暈，紅色的硯，是胭脂硯的簡稱❻，取以為批紅樓夢者的齋名，則其人與賈寶玉有相當的關聯。

紅樓夢第十二回末總批：

> 有客題紅樓夢一律，失其姓氏；惟見其詩意駭警，故錄於斯。
>
> 自執金矛又執戈，自相戕戮自張羅。
> 茜紗公子情無限，脂硯先生恨幾多。
> 是幻是真空歷遍，閑風閑月枉吟哦。

---

❺ 庚辰本頁四八〇至四八一。

❻ 詳見拙作紅樓夢研究頁四八至五一。

情機轉得情天破，情不情兮奈我何。❼

同書第七十九回：

黛玉笑道：偺們如今都係霞影紗糊的窗隔，何不說「茜紗窗下公子多情」呢。❽

可見「茜紗公子」即指賈寶玉。霞、茜皆指紅的意思；「茜紗公子情無限」指賈寶玉在富貴時的情景。家破人散，「空歷遍」後，便成為淚多的「脂硯先生」了。所以「茜紗公子」和「脂硯先生」是一個人的兩階段。脂硯先生此已落敗，成為「時乖玉不光」的石頭。其所以稱為「脂硯」，是意味其在執筆批石頭記，而名其所居或書室為「脂硯齋」，與「悼紅軒」相呼應。

裕瑞棗窗閒筆：

聞舊有風月寶鑑一書，又名石頭記，不知為何人之筆。曹雪芹得之，以是書所傳述者，與其家之事跡略同，因借題發揮，將此部刪改至五次，愈出愈奇，乃以近時之人情諺語，夾寫而潤色之，借以抒其寄託。曾見抄本卷額，本本有其叔脂硯齋之批語，引其當年事甚確，易其名曰紅樓夢。……聞其所謂寶玉者，尚係指其叔輩某人，非自己寫照也。所謂元、迎、探、惜者，隱

❼ 庚辰本頁四二三。
❽ 同❼，頁一八三八。

寓原應嘆息，皆諸姑輩也。❾

紅樓夢第二十二回：

鳳姐亦知賈母喜熱鬧，更喜謔笑科諢，便點了一齣「劉二當衣」。

脂硯齋雙行批：

寫得週到，想得奇趣，實是必真有之。

又眉批：

鳳姐點戲，脂硯執筆事，今知者聊聊（寥寥）矣，不怨（悲）夫？❿

這眉批顯然不是脂硯本人的批。能在大觀園中，賈母和鳳姐前，執筆代鳳姐點戲，除了賈寶玉外，無第二個男性敢如此。前既引客詩稱「脂硯先生」，則「脂硯齋」其人必為男性無疑。

紅樓夢第二十五回：

❾ 紅樓夢卷頁一一三至一一四。

❿ 庚辰本頁四五一。

寶玉也來了，進門見了王夫人，不過規規矩矩說了幾句話，便命人除去抹額，脫了袍服，拉了靴子，便一頭滾在王夫人懷內。

脂硯齋行右批：

余幾幾失聲哭出。⓫

紅樓夢第五十七回前批：

作者發無量願，欲演出真情種，性地圓光，偏示三千，遂滴淚為墨，研血成字，畫一幅大慈大悲圖。⓬

從這些批語看來，寶玉與脂硯齋實為一人。「研血成字」豈非「脂硯」的注腳？而裕瑞說脂硯為曹雪芹之叔，更屬可信。因此可推論，風月寶鑑可能為脂硯齋所作的初稿，後給曹雪芹「增刪」改寫，「纂成目錄，分出章回」，題「金陵十二釵」為書名。如此，有客所題「自執金矛又執戈，自相戕戮自張羅，」之句，便可解為脂硯齋批石頭記中賈寶玉的情形。

⓫ 甲戌本卷二五，頁三甲面。

⓬ 有正本頁二一四三。

吳玉峰與賴尚榮

紅樓夢第一回：

至吳玉峰，題曰「紅樓夢」。❶

按庚辰本，全抄本，列藏本，三家評本都沒有這九個字❷。獨有正本與甲戌本同有。從這一回看來，甲戌本和有正本是一個系統，庚辰本，全抄本，列藏本，三家評本成另一系統。

現在要探討「吳玉峰」這一人名的含義。

吳與無同音，玉與御同音。吳玉峰即無御封的意思，也就是沒有受到朝廷的封誥，表示題名「紅

---

❶ 甲戌本卷一，頁八甲面。

❷ 全抄本第一回，頁二乙面。

列藏本頁一四。「孔梅溪」作「孔樓溪」，形誤。

護花主人、大某山民，太平閑人（三家）評本紅樓夢頁六。

樓夢」其人，是無爵祿或官職的。他題此名，可能和甲戌本獨有的「凡例」有關。「凡例」的首條條目，即曰「紅樓夢旨義」，便是用吳玉峰所題為全書的名稱。

吳玉峰題名「紅樓夢」，與「凡例」所云：「作者自云因曾歷過一番夢幻之後，故將其真事隱去，而撰此石頭記一書也。……自將已往所賴，上賴天恩，下承祖德，錦衣紈褲之時，……已致今日一事無成，半生潦倒，……」❸意義相合，且較他名為周延，意為所歷富貴，不過紅樓一夢。到了己卯本、庚辰本時❹，可能被人刪除，因吳玉峰音義太明顯的緣故吧。

紅樓夢第四十七回：

> 那賴大之子賴尚榮，與他素習交好。❺

賴即依賴，尚音同上，榮為榮華富貴。賴尚榮取名的意義，即依賴皇上而榮華富貴，暗示榮國府富貴的靠山。

---

❸ 甲戌本卷一，頁二。

❹ 己卯本缺此頁，庚辰本有此頁文字，缺此九字。

❺ 庚辰本頁一〇二〇。

賈府世系虛增一代

紅樓夢中的人物、情節，是由真假有無所組成，「太虛幻境」牌坊的對聯已經揭示。本文探討賈府的世系，認為有一代是為了隱去真人、真事而「虛陪」的，而脂硯齋的批語也作了同樣的掩飾，因此很多紅學者都被「瞞騙」過了，試論證於後。

紅樓夢第二回：

當日寧國公（脂批：演。）與榮國公（脂批：源。）是一母同胞弟兄兩個。寧公居長，生了四個兒子。寧公死後，長子賈代化（脂批：第二代。）襲了官，也養了兩個兒子；長子賈敷至八九歲上便死了；只剩了次子賈敬（脂批：第三代。）襲了官，……一子名喚賈珍（脂批：第四代。）……這位珍爺也到生了一個兒子，今年纔十六歲，名叫賈蓉（脂批：至蓉五代。）……自榮公死後，長子賈代善（脂批：第二代。）襲了官，……生了兩個兒子。長子賈赦，次子賈政（脂批：第三代。）……（賈政夫人王氏）頭胎生的公子名喚賈珠，……生了子（脂批：此即賈蘭也，至蘭第五代。）……，（賈政夫人）又生了一位公子，……名叫寶玉。其（賈政）妾後又生了一個（脂批：帶出賈環。）……赦公也有二子，長名賈璉。❶

賈府的第一代寧國公賈演和榮國公賈源，是始封為公爵的人，也就是這世襲職位的創獲者。其實這一代的同胞弟兄兩人卻是「虛設」的，真正的始封寧榮二公的，該是賈代化和代善兩人，也可說紅樓夢作者，為掩去真人真事，而將代化、代善兩人，敷演成兩代。

說文：「演，長流也。」段注：「演之言引也。故為長遠之流。」說文：「原，水灥（原）也。」段注正為「水本也。」源為原之後起字。演、源皆水之始出，表示賈府血脈的源頭而已。真正人物是始封公爵的代化、代善。

紅樓夢第十四回：

（秦可卿出殯）賈政聽說，忙回去，急命寶玉脫去孝服，領他前來。❷

根據家禮大成❸，賈蓉是寶玉的再從姪，秦可卿是寶玉的再從姪婦。可卿死，寶玉根本無服，何

❶ 甲戌本卷二，頁七乙面至頁一三甲面。

❷ 同❶卷一四，頁一二甲乙面。

❸ 家禮大成卷六，頁四二，喪服總圖。

來「脫去孝服」？但若代化和代善是親兄弟，則可卿是寶玉堂姪婦，寶玉應服緦麻。而書中明明白白寫寶玉穿了孝服去送殯，則可卿應是寶玉的堂姪婦，透露了賈代化和代善是親兄弟的消息。這是證據之一。

紅樓夢第七回：

> 外頭派了焦大，……只因他從小兒跟著太爺們出過三四回兵，從死人堆裡把太爺背了出來，得了命。自己挨著餓……有祖宗時都另眼相待。……蓉哥兒，你別在焦大跟前使主子性兒。別說你這樣兒的，就是你爹，你爺爺也不敢和焦大挺腰子呢。不是焦大一個人，你們作官兒享榮華受富貴。你祖宗九死一生掙下這個家業，到如今不報我的恩，❹

賈珍之妻尤氏口裡的太爺，自然指賈敬的父親代化而言。此「太爺」出了三四回兵，因焦大把他從死人堆裡救出，才因此戰功掙下這個寧國公的家業。焦大的口裡和尤氏口裡完全符合，絕非醉後胡言。這又顯示始封的寧國公是賈代化，不是那虛設的賈演，此為證據之二。

紅樓夢第二十九回：

> 賈珍知道這張道士雖然是當日榮國府國公的替身。……張道士……又嘆道：我看見哥兒（寶玉）

---

❹ 甲戌本卷七，頁一三乙面至頁一五甲面。

的這個形容身段，言談舉動，怎麼就同當日國公爺一個稿子。說著兩眼流下淚來。賈母聽說，也由不得滿臉淚痕，說道：正是呢。我養了這些兒子孫子，也沒一個像他爺爺的；就只這玉兒像他爺爺。……看看小道是八十多歲的人，❺

張道士是當日榮國府國公的替身。此榮國公顯然是指賈母的丈夫，寶玉的祖父代善而言。紅樓夢作者並未區分為始封或二世，而直以「國公爺」稱之，心中以榮國公始封者，當是代善。

紅樓夢第四回：

原來這梨香院乃當日榮公暮年養靜之所。❻

又第五回：

（警幻）笑道：今日原欲往榮府去接絳珠，適從寧府所過，偶遇寧榮二公之靈，囑吾云……其中惟有嫡孫寶玉一人。❼

❺ 庚辰本頁六二〇至六二四。

❻ 甲戌本卷四，頁一一乙面。

❼ 同❻卷五，頁一〇甲面。「所過」，甲辰本作「經過」。

警幻所稱「寧榮二公」當指首任寧公、榮公。但又說「嫡孫寶玉」，便顯然是代善的口氣。可見他是寶玉的爺爺。合以上引的「榮國府國公」，「榮公暮年養靜之所」，「寧榮二公之靈」看來，都是指代善為榮國公，根本沒有賈源的影子。這是證據之三。

從以上三條證據看，賈演、賈源應是作者混人而虛增的一代；實際上代化、代善才是真正始封的寧榮二公。

代善與曹璽

上文證明寧、榮二府始封為公爵的是賈代化和代善。現在再比對真事，發現代善相當於真實人物曹璽，也就是說紅樓夢書中的代善是「假」，他只是真實人物曹璽的化身。

紅樓夢第七回：

外頭派了焦大，……只因他從小兒跟著太爺們出過三四回兵，從死人堆裡把太爺背了出來，得了命。自己挨著餓，卻偷了東西來給主子喫；兩日沒得水，得了半碗水給主子喫，他自己喝馬溺、不過仗著這些功勞情分，有祖宗時都另眼相待，如今誰肯難為他去。他自己又老了。……二十年頭裡的焦大太爺眼裡有誰?……趕著賈蓉叫：蓉哥兒，你別在焦大跟前使主子性兒。別說你這樣兒的，就是你爹、你爺爺也不敢和焦大挺腰子呢。不是焦大一個人，你們作官兒享榮華受富貴?你祖宗九死一生掙下這個家業，到如今不報我的恩，反和我充起主子來。❶

---

❶ 甲戌本卷七，頁一三乙面至頁一五甲面。

這段文字說出了賈府發跡的經過。「太爺們」表示兩府的始封公爵者，因戰功而有了受封的資格。「沒水」喝，表示戰場在北方靠邊塞的地方。說這話時焦大年已老了。「二十年」前，太爺仍在世，對焦大很禮遇。連賈敬賈珍都讓他。皆因他救了太爺，而太爺即因戰功掙下這世襲的家業。

曹家的任織造，始於曹璽。子寅，孫顒、頫三代四人繼任達五十多年。周汝昌紅樓夢新證：

五慶堂譜載：璽，振彥長子，康熙二年任江南織造。❷

又：

曹璽以內務府郎中首任江寧織造。（其妻）孫氏三十二歲。直任至康熙二十三年，卒于官。❸

康熙二十三年未刊稿本江寧府志・曹璽傳：

曹璽、字完璧……讀書洞徹古今，負經濟才，兼藝能，射必貫札，補侍衛之秩，隨王師征山右建績。世祖章皇帝拔入內廷二等侍衛，……康熙二年，特簡督理江寧織造。……賜御宴、蟒服，

---

❷ 周汝昌紅樓夢新證頁四三。

❸ 同❷，頁二六九。

加正一品，更賜御書匾額手卷。甲子六月……辛于署寢。❹

璽首任織造相當於始封榮國公。

清史稿・世祖本紀：

順治六年，……二月，……多爾袞征大同。……秋七月，戊午朔，攝政王多爾袞復征大同。……

八月，多爾袞還京。❺

曹璽「隨王師征山右建績」，即隨多爾袞兩次征大同之役，以文武全才，「射必貫札」戰功，為順治拔擢為內廷二等侍衛。與焦大口述賈府封公爵始末相符。

根據康熙六十年刊上元縣志・曹璽傳云「及仕，補侍衛、隨王師征山右有功。」❻則曹璽征山右時年始過三十歲。先任侍衛，後征山西有功升內廷二等侍衛。

周汝昌考出，順治六年，曹璽妻孫氏十八歲❼。曹璽約三十出頭，大孫氏十二三歲。康熙二十三

❹ 馮其庸曹雪芹家世新考頁九四至九五，影圖。

❺ 清史稿卷四，頁一二四至一二六。顧頡剛等標點本。

❻ 曹雪芹家世新考頁九六，影圖。

❼ 紅樓夢新證頁二六一。

年孫氏五十三歲，曹璽卒於江寧織造任，年六十六，與榮公暮年養靜梨香院相符。

紅樓夢第二十九回：

賈母道：老親家，你今年多大年紀了？劉姥姥忙立身答道：我今年七十五了。賈母笑道：……比我大好幾歲呢。❽

焦大是「從小兒」跟太爺們出兵，能從死人堆裡，有力氣背出太爺，應該有十七八歲。劉姥姥說這話時，賈母約七十歲，和焦大年齡極近。

試以紅樓夢書中的賈母年紀相當於史實人物康熙保母孫氏的年齡作一對照，得出下列結果。

一六四九　順治六年　孫氏十八　賈母十八　（焦大十七）
曹璽三十一

一六八四　康熙二十三年　孫氏五十三　賈母五十三　（焦大五十二）
曹璽六十六卒

一七〇一　康熙四十年　孫氏七十　賈母七十　（焦大六十九）
劉姥姥七十五　（寶玉十三）

❽ 庚辰本頁八三三。

一七〇四　康熙四十三年
　曹寅四十四　賈政四十多
　孫氏七十三　賈母七十三　（焦大七十二）
　曹寅四十七　賈政四十多
　曹璽八十六　（張道士八十多）

上表人物的年齡接近到這種程度。

根據朱淡文研究，曹頫的「生年可以推定在康熙三十五年至三十七年之間❾。則康熙四十年，曹頫頂多六歲，與寶玉年齡不合。如認為曹頫即脂批中批者畸笏叟，而脂批中脂硯齋本人常以寶玉自居，則脂硯齋與曹頫必是年齡相差七歲以上不同的兩個人。換言之，書中的賈寶玉要從曹頫的兄長中去找，不要錯合脂硯與畸笏為一人。

很多人認為書中的賈寶玉是曹頫兒子雪芹的化身。請看，曹頫的年齡像寶玉的父親賈政嗎？康熙五十四年（一七一五）曹頫繼曹顒任江寧織造，頂多十九歲。到雍正五年（一七二七）被抄家，曹頫不過三十一歲。周汝昌說：「一七二七，雍正五年，丁未，曹頫在江寧織造任。曹雪芹四歲。」❿但八十回書中的賈政在抄家前幾年即近半百了；抄家時雪芹才四歲，像書中開卷不久，寶玉便和襲人有

---

❾ 朱淡文紅樓夢研究頁四二四。

❿ 紅樓夢新證・史事稽年頁六二一。

雲雨事相符嗎？何況曹雪芹是不是曹頫的兒子還成問題。五慶堂曹氏宗譜副本曹頫之下未載其子名⓫。

也有人以曹雪芹即曹顒的遺腹子天佑，則天佑是生於康熙五十四年（一七一五）夏天。到一七二七年，即雍正五年抄家時，年十三歲。

書中的寶玉初見黛玉已十多歲。其母也超過四十歲。如果天佑是雪芹，是書中的寶玉，便與「借省親寫南巡」不符。天佑沒有趕上看南巡的熱鬧場面。康熙五十四年（一七一五）正月十八日蘇州織造李煦奏安排曹顒後事摺：「蓋頫母年近六旬，獨自在南奉守夫靈，今又聞子夭亡，恐其過於哀傷，」⓬曹頫的母親，指的是曹寅妻，曹顒的生母李氏（曹頫過繼給她為子）。若以寅妻李氏時年五十八，則生於順治十五年（一六五八）沒趕上順治六年曹璽因征戰升二等侍衛，相當書中代化，代善率焦大取戰功封爵。因賈母和焦大年很接近。李氏不是賈母很明顯，則雪芹也不是寶玉。

紅樓夢第三回：

（黛玉）抬頭迎面先看一個赤金九龍青地大匾，匾上寫著斗大三個字是「榮禧堂」。⓭

⓫ 曹雪芹家世新考頁六一，影圖。

⓬ 關於江寧織造曹家檔案史料頁一二六至一二七。

⓭ 甲戌本卷三，頁九甲面。

「榮禧堂」正廳懸的匾題字出自御筆，是皇帝褒揚榮國公賈源，也表明了府第命名之義為賜福於榮國公，實際上則隱藏史實人物曹璽在裡面。同回下文即東安郡王穆蒔的書聯：

座上珠璣昭日月
堂前黼黻煥烟霞⑭

聯語表面上說堂中人佩飾及官服光彩華麗，其中又隱藏府第主人的官職是司掌皇帝衣服織造。尚書・益稷：「予欲觀古人之象日、月、星辰、山、龍、華蟲作會；宗彝、藻、火、粉、米、黼黻絺繡。」⑮日月黼黻為天子衣之文飾，同時說明了此堂即織造府署。

榮禧堂的「禧」與曹璽的「璽」音同。曹璽在誥命中又作曹熙⑯。漢書・禮樂志：「熙事備成。」注：「福熙之事皆備成也。熙與禧同。」⑰可見榮禧堂是榮耀曹璽的居第，無論名字、官職，無一不合。

現考證出書中的榮國府是曹璽的居第，即織造府署，那麼大觀園在南京是不爭的事實了。

---

⑭ 同⑬。
⑮ 十三經注疏頁一四一。
⑯ 周汝昌紅樓夢新證頁四一。
⑰ 漢書頁一〇四六（標點本）。

康熙二十三年曹璽六十六歲卒，張道士與代善年相若，亦六十六左右，從焦大說「二十年頭裡」，則罵時曹璽與張道士八十多歲相符，那麼是康熙四十三、四年的事。

湘雲的結局

史湘雲的結局，有人因紅樓夢第三十一回回目「因麒麟伏白首雙星」，認為她後來嫁給了寶玉❶。其實庚辰本的脂批很清楚指出：「金玉姻緣已定，又寫一金麒麟，是間色法也，何顰兒為其所感（惑），故顰兒謂『情情』。」❷湘雲沒嫁寶玉。真奇怪竟有多人為這條回目「所惑」，而持湘雲嫁寶玉說；也竟有電視劇信而照拍。這都是對脂批的「間色法」視而不見或誤解吧。

紅樓夢第五回湘雲的畫冊判詞：

後面又畫幾縷飛雲，一灣逝水，其詞曰：富貴又何為，襁褓之間父母違。展眼弔斜暉，湘江水逝楚雲飛。❸

---

❶ 周汝昌湘雲的後來及其他，見曹雪芹與紅樓夢頁三二〇。

❷ 庚辰本頁六五六。

❸ 甲戌本卷五，頁八甲面。

第六支樂中悲：襁褓中父母嘆雙亡，縱居那綺羅叢誰知嬌養。幸生來英豪闊大寬宏量，從未將兒女私情略縈心上，好一似霽月光風耀玉堂。廝配得才貌仙郎，博得個地久天長，準折得幼年時坎坷形狀。終久是雲散高唐，水涸湘江，這是塵寰中消長數應當，何必枉悲傷。❹

判詞和曲，已將史湘雲的一生結局寫出。她與「金玉姻緣」無分，而是嫁給了衛若蘭。

紅樓夢第三十一回：

湘雲道：你瞧、那是誰吊的首飾，金晃晃在那裡，翠縷……笑道：可分出陰陽來了，說著先拿史湘雲的麒麟瞧。……湘雲舉目一驗，卻是文彩輝煌的一個金麒麟，比自己配的又大又有文彩。湘雲伸手擎在掌上，只是默默不語。

回末脂批：

後數十回。若蘭在射圃所佩之麒麟正此麒麟也。提綱伏于此回中，所謂草蛇灰線在千里之外。❺

結合回目脂批，可知湘雲是嫁給了衛若蘭。

---

❹ 同❸，頁一三乙面。庚辰本「塵」上無「這是」。

❺ 庚辰本頁六七五至六七七。

文冰對判詞的解釋是「暗示了湘雲後半生將如水逝雲飛那樣家勢衰落，貧困潦倒。」❻與樂中悲的解釋「雲散高唐——丈夫早喪；水涸湘江——家勢衰亡。」❼一致。

紅樓夢第七十回回目是「林黛玉重建桃花社，史湘雲偶填柳絮詞。」且看正文：

史湘雲無聊，因見柳花飄舞，便偶成一小令，調寄如夢令，其詞曰：豈是繡絨殘吐，捲起半簾香霧，纖手自拈來，空使鵑啼燕妒。且住，且住，莫使春光別去。❽

林黛玉的桃花詩，史湘雲的柳絮詞都是自我命運的寫照，所以用為回目。湘雲豪爽，於春歸絮飛無可奈何之日，仍作「莫使春光別去」之語。然春盡花散乃是人生的象徵。這闋詞顯示出她的晚運飄泊無定，與畫冊判詞「飛雲」、「逝水」，「展眼弔斜暉，湘江水逝楚雲飛」相應。紅樓夢的作者看到她的「斜暉」，則其夫衛若蘭未必早逝，兩人應有壯年期的夫妻生活，只是其夫先湘雲而死罷了。後來她流落不知去向，一如柳絮之飄蕩無定，不知所歸。

紅樓夢中主要女性的謎語，和其畫冊的判詞類似，多切合其身分，或暗示或象徵她本人的命運、結局。第五十回有史湘雲編的謎：

❻ 紅樓夢詩詞譯注頁四五。
❼ 同❻，頁七。
❽ 庚辰本頁一五七七至一五八七。

溪壑分離，紅塵遊戲，真何趣。名利猶虛，後事終難繼。

眾人不解，想了半日，也有猜是和尚的，也有猜是道士的，也有猜是偶戲人的。寶玉笑了半日道：都不是。我猜着了，定是耍的猴兒。湘雲笑道：正是這個了。眾人道：前頭都好，末後一句怎麼解？湘雲道：那一個耍的猴子不是剁了尾巴去的！眾人聽了都笑起來，說他編個謎兒也刁鑽古怪的。❾

這謎暗示湘雲的「後事」下落不明，如柳絮之消失無蹤。

朱彤釋「白首雙星」文中引清人平步青說：

初僅鈔本，八十回以後軼去。高蘭墅侍讀鶚讀之，大加刪易。原本史湘雲嫁寶玉，故有「因麒麟伏白首雙星」章目。蘭墅互易，而章目及謎語未改，以致前後矛盾，此其增改痕跡之顯著然者也。❿

顯然平氏沒有見到鈔本的脂批而對「白首雙星」發生了誤解。脂研等人可謂有先見之明。

朱彤先生則提出「白首雙星」的解釋：「『雙星』一詞……具有固定的，特有的內涵，即指牽牛、

---

❾ 同❽，頁一一〇一。

❿ 曹雪芹與紅樓夢頁三二六。

織女二星，不能另作他解。……回目所『伏』的內容，……暗伏後來史湘雲跟她的丈夫婚後因某種變故而離異，一直到老，就像神話傳說中天上隔在銀河兩岸的牽牛、織女雙星那樣，雖然都活在世中，但卻不得離劍再合，破鏡重圓，永抱白頭之嘆。」⓫

沈思先生史湘雲的結局中說朱氏的意見：「可能是衛若蘭因俠義之行而獲罪，被充軍到遠方，以致兩地相思，不能相會。」⓬

朱、沈兩人都忽略了「雙星」神話還有七夕相聚的後文。以致一個認為湘雲已離婚，一個指仍有夫妻的名分，只是因充軍而長期分居。兩人都認為衛若蘭仍健在。

筆者認為有些紅樓夢讀者對「白首雙星」一詞求之太過，才衍生種種臆測。按第三十一回回目是「撕扇子作千金一笑，因麒麟伏白首雙星」⓭。下句只是單純表示史湘雲因麒麟的緣故而與衛若蘭結為夫婦。曹雪芹分回定目，只圖對仗工整，用了「白首雙星」這個典故而已，只為了和「一笑」對仗，用了「雙星」，並無分離而並存的意思。「展眼弔斜暉」表示湘雲年齡已不小。衛若蘭先湘雲而死，雖無直接的證據。然「湘江水涸」隱然有娥皇、女英哭舜的意思，而娥皇、女英侍舜日子不短。湘雲夫死之後，如浮雲、柳絮的飄游不定，不知下落。

⓫ 同❿，頁三三七至三三九。

⓬ 同❿，頁三四一至三四二。

⓭ 庚辰本頁六五七。全抄本作「撕扇子公子追歡笑，拾麒麟侍兒論陰陽」是不知全書結構者所改。

以上是綜合湘雲的畫冊判詞，詞曲、謎而作的推論。再看紅樓夢第六十三回湘雲抽的籤是：

只恐夜深花睡去⓮

夜深花睡去，即人們看不見（海棠）花了。也與上述推論相合，可算是一個不知所去的證據。

⓮同⓭，頁一四〇九。

王熙鳳與薛蟠的年齡

紅樓夢中，王熙鳳和薛蟠，這一辣一呆的一對表親，兩人的年齡，以及誰大誰小，是個值得探討的問題。連帶也可以從這個角度，重新看紅樓夢的成書。

紅樓夢第二回：

> 這位珍爺也到生了一個兒子，今年纔十六歲，名叫賈蓉。……那赦公也有二子，長名賈璉，今年已二十來往了。親上作親，娶的就是政老爹夫人王氏之內姪女，今已娶了二年。❶

紅樓夢第四回：

> 這薛公子學名薛蟠，字表文龍，今年方十有五歲。……寡母王氏，乃現任京營節度王子騰之妹，與榮國府賈政的夫人王氏，是一母所生的姐妹，今年方四十上下年紀。只有薛蟠一子，還有一

---

❶ 甲戌本卷二，頁五乙面至頁一三甲面。

女比薛蟠小兩歲，乳名寶釵。❷

從上文看來，王熙鳳於賈蓉十六歲時，嫁入賈府已二年了，她的年齡當不比賈蓉小。照紅樓夢女子十五及笄，可以許嫁的例，她應至少十七歲。到了第四回，賈雨村隨林黛玉進京，經賈政保薦，再赴南京任府尹，審理薛蟠案，其時薛蟠方十五歲，則王熙鳳的年齡必大於薛蟠。

紅樓夢第六回：

（劉姥姥道）當日你們原是和金陵王家連過宗的，二十年前他們看承你們還好。你們拉硬屎不肯去俯就他，故疏遠起來。想當初我和女兒還去過一遭，他家的二小姐著實响快，會待人的，到不拿大。如今現在是榮國府賈二老爺的夫人。聽得說如今上了年紀，越發憐貧恤老，……只怕這二姑太太還認得咱們。你何不去走動走動？……（狗兒道）嫽嫽既如此說，況且當年你又見過這姑太太一次，何不你老人家明日就走一遢。……

（周瑞妻道）我們這裡又比不得五年前了。如今太太竟不大管事了，都是璉二奶奶當家。……

劉姥姥聽了罕問道：「原來是他，怪道呢。我當日就說他不錯呢。這等說來，我今兒還得見他了。……這位鳳姑娘，今年大不過二十歲罷了，就這等有本事當這樣的家，可是難得的。」周瑞家的聽了道：「嗐我的嫽嫽，告訴不得你呢。這位鳳姑娘年紀雖小，行事比世人都大呢。如

---

❷ 同❶卷四，頁八乙面。

今出挑得美人一樣的模樣兒。」❸……

鳳姐忙止劉姥姥「不必說了。」一面便問：「你蓉大爺在那裡呢？」只聽一路靴子腳響，進了一箇十七八的少年。❹

從上引文知劉姥姥二十年前去王家一次，認識了仍未出閣的王夫人和周瑞妻，那時已見到鳳姐，並有「不錯」的印象，則鳳姐當時應有五六歲。鳳姐在第四十三回稱李紈為大嫂子，則賈珠比賈璉大，可見王夫人歸賈府已二十多年了。從第二回至第六回經歷二年，賈蓉為十八歲，鳳姐此年即依劉姥姥推測為二十歲，也比賈蓉大二歲。何況前文劉姥姥在二十年前見她已「不錯」，實際年紀應有二十五六才對。當然可肯定鳳姐比薛蟠大好幾歲。

從第二十八回後，鳳姐和薛蟠的年齡竟倒了過來。

紅樓夢第二十八回：

（鳳姐）便走來笑道：「……上月薛大哥親自和我尋珍珠，……他說：『妹妹若沒有散的，花兒上也得掐下來，過後兒我揀好的再給妹妹穿了來。』」❺

❸同❶卷六，頁四甲面至頁八甲面。
❹同❶卷六，頁一二乙面。
❺同❶卷二八，頁五乙面。

薛蟠稱鳳姐「妹妹」，就奇怪了。

紅樓夢第六十六回：

（賈璉）又囑薛蟠且不可告訴家裡。等生了兒子，自然是知道的。薛蟠聽了大喜，說：「早該如此。這都是舍表妹之過。」❻

賈璉偷娶尤二姐時，薛蟠稱王熙鳳為表妹，顯然前後不對榫。熙鳳、薛蟠，從脂批看皆實有其人。

再看鳳姐的年紀，紅樓夢第五十四回：

鳳姐兒笑道：「外頭的只有一位珍大爺。我們還是論哥哥妹妹，從小兒一起淘氣，到了這麼大。這幾年因做了親。」❼

賈珍這年四十左右，其子賈蓉十八歲以上，鳳姐必比賈蓉大上五六歲以上纔合「從小兒一起淘氣，到了這麼大。」的話。而薛蟠在前數回確定比賈蓉小，則可證王熙鳳比薛蟠大好幾歲。如果說紅樓夢作者是曹雪芹一人，則這種現象如何解釋？紅樓夢第二十二回末：

❻ 庚辰本頁一四九四。

❼ 同❻，頁一一九〇。

暫記寶釵製謎云：朝罷誰攜兩袖烟，琴邊衾裡總無緣。曉籌不用人雞報，五夜無煩侍女添。焦首朝朝還暮暮，煎心日日復年年。光陰荏苒須當惜，風雨陰晴任變遷。

（脂批）此回未成而芹逝矣，嘆嘆。丁亥夏畸笏叟。❽

又，第七十五回回前脂批：

乾隆二十一年五月初七日對清。缺中秋詩，俟雪芹。

開夜宴　發悲音

當中秋　得佳讖❾

從上引兩條脂硯齋批語可見：

1.「此回未成而芹逝矣。」顯然只是說第二十二回所缺少的寶釵、黛玉、李紈的燈謎詩尚未作好（寶釵詩雖擬就了，也只是暫且記下，尚待排入情節），而雪芹便去世。

2.第七十五回所缺的也是詩，指的是寶玉、賈環、賈蘭三人的中秋即景詩。脂硯齋等人於詩下往

---

❽同❻，頁四七二。

按：此脂批非脂硯齋本人所批，是畸笏叟的批語。批語前所記（詩），不知是何人，當為「脂批」中的一位。

❾同❻，頁一七〇五。

往明白批出是雪芹所長，待他補作；於文下便說是石頭，是作者。二者分得很清楚，這種現象是值得注意的。甲戌本「凡例」末附詩有「字字看來皆是血，十年辛苦不尋常。」筆者以為不是指曹雪芹的「披閱十載」，他的工作只是整理、增刪、分回、定目等加工，原作另有其人。試想十年辛苦，字字是血，書中主要人物的年齡會錯誤得那麼離譜？披閱十載只單純表示他加工的時間歷十個年頭，並不是三千多個日子全在加工的五次上。否則秦可卿畫冊是懸梁自縊，而後文增改為病故的齟齬當可避免，缺的詩也早補齊了。

「十年辛苦不尋常」，指的是原作者費了十個年頭的全部時間來寫石頭記，「辛苦」二字不是隨便下的。「字字是血」，是「脂硯」取名的具體表徵。也就是賈寶玉這位喜吃胭脂，愛紅，用血淚寫石頭記者的原形。他一生下來就在富貴之家，過著錦衣玉食，偎紅倚翠的生活，為紅樓的寶玉。抄家後夢醒，寶玉淪為石頭的地位，於是「風塵懷閨秀，」而敷演出一部石頭記的初稿，然後由曹雪芹五次加工，形成了庚辰本這個面貌（今見的庚辰本為過錄本）。所以不能將「十年辛苦不尋常」和「披閱十載」劃上等號。「字字看來皆是血」指的是「脂硯先生淚幾多」。

茗煙與焙茗

賈寶玉隨身得力的一個小廝茗煙，在書中一度又稱作焙茗，後來又恢復為茗煙，到底那一個名字才是原名，是有必要研討的。他的名字始見於：

紅樓夢第九回：

（賈薔）想畢，也粧作出小恭。走至外面，悄悄的把跟寶玉的書童名喚茗煙者喚到身邊，如此這般調撥他幾句。這茗煙乃是寶玉第一個得用的。❶

同回：

寶玉還有三個小廝，一名鋤藥，一名掃紅，一名墨雨。這三個豈有不淘氣的。❷

---

❶ 庚辰本頁一八五。

按：各脂本及程甲本皆作「茗煙」，見脂硯齋重評石頭記彙校頁四七〇。

❷ 同❶，頁一八七。

可是到了第二十四回、二十八回便作焙茗。

紅樓夢第二十四回：

（賈芸）只見焙茗、鋤藥兩個小廝下象棋，為奪車正辨嘴。還有引泉、掃花、挑雲、伴鶴四五個又在房簷上掏小雀兒頑。……賈芸見了焙茗，也就趕了出去。❸

同書第二十八回：

只見焙茗說道，……焙茗一直到了二門前等人。❹

同書第五十二回：

六個人帶著茗煙、伴鶴、鋤藥、掃紅四個小廝，背著衣包。❺

此回（到八十回）後皆作茗煙。茲探討如下：

❸ 同❶，頁五〇六。季惟躍論鄭振鐸藏殘本紅樓夢表列程甲本「茗煙」改名「焙茗」，鄭藏殘本作「焙茗」。甲辰、列藏本作「茗煙」。紅樓夢學刊一九九四年第四輯，頁一七二。

❹ 甲戌本卷二八，頁九甲面，庚辰、戚本同。全抄本作「茗煙」。

❺ 庚辰本頁一一四一。

從第九回看，屬於寶玉的小廝共有四個，除茗煙（焙茗）外，還有三個是鋤藥、掃紅、墨雨。第二十四回另出現了引泉、掃花、挑雲、伴鶴四個小廝。這八個小廝似分為兩組。茗煙、墨雨、鋤藥、掃紅是直接受寶玉指揮的，另一組為引泉、掃花、挑雲、伴鶴，也該是護衛寶玉或臨時差遣隨護寶玉的。

寶玉親隨的四個小廝的命名，鋤藥、掃紅是一對，茗煙、墨雨是一對。所以茗煙的名字是原有的。到了第二十四回另出現了四個小廝，茗煙便改成了焙茗，可能因這四個的名字的頭一個字都是動詞，而將茗煙改為焙茗了。因掃花和掃紅意義上相重，是否連帶將掃紅改為掃花，墨雨改為伴鶴？則由李貴等帶領隨從寶玉出門的四個小廝，就是李貴上次帶著護送寶玉上學而鬧學的這四個淘氣的了。至第五十二回焙茗卻又以茗煙出現，掃花也改回掃紅，只有伴鶴不變，則伴鶴和墨雨或許是兩個人，或許改筆有疏漏亦未可知。因此推論，紅樓夢的作者如果只是曹雪芹一人，那麼他「披閱」了「十載」，「增刪」過「五次」，也竟未發現寶玉最親近的書童取名變化如此怪異嗎？

待書與侍書

紅樓夢第七回：

迎春的丫環司棋，與探春的丫環待書二人正掀簾子出來。

脂雙行批：

妙名。賈家四釵之環，暗以琴、棋、書、畫四字列名，省力之甚，醒目之甚，卻是俗中不俗處。

同回：

惜春命丫環入畫來收了。

脂雙行批：

曰司棋、曰待書、曰入畫、後文補抱琴。琴棋書畫四字最俗，上添一虛字則覺新雅。❶

庚辰本「待書」首筆特粗，乃經後人添改為「侍書」❷，第五十七回、七十四回皆然。元、迎、探、惜四姐妹的這四個丫環，用「琴、棋、書、畫」加上一個意義相似的動詞命名，既現成又別緻。其實主要的作用在襯托其主人的喜好或擅長。

「待」「侍」二字本可通用。只因「侍書」是官名，拿來作丫環的名字，在那個時代是忌諱的，而且「侍書」有教導小姐書法的韻味，所以不當作「侍書」。

「抱琴」和「司棋」是一組；「待書」和「入畫」是一組。待書意為準備好了書法的用具（等候小姐書寫）。入畫似乎是（小姐的畫作完畢，）丫環收取其畫的意思。早期脂本如甲戌、己卯、庚辰、有正本都作「待書」，筆者認為是對的。

❶ 甲戌本卷七，頁五甲面至乙面。

❷ 紅樓夢大辭典：「某些脂本和程本，以及原人文通行本均作『侍書』。」

林黛玉的真實姓名試探

蘇州老人談林黛玉真有其人云：

林妹妹實實在在的真名字叫李香玉，……是當年蘇州織造李煦的孫女，曾經代其父掌管兩淮鹽課職務的李鼐的孤女。❶

黛玉是否為李鼐的孤女，尚不敢肯定。筆者也認為甲戌本凡例「作者自云」「閨閣中本歷歷有人」，「半世親睹親聞的這幾個女子」之言可信。爰試探黛玉的真姓實名。

紅樓夢第三回：

寶玉又道：「妹妹尊名是那兩個字？」黛玉便說了名字。寶玉又問表字。黛玉道：「無字。」寶玉笑道：「我送妹妹一個妙字，莫若顰顰二字極好。……古今人物通考上說『西方有石名黛，

❶ 蔡義江紅樓夢佚稿頁二三九。

可代畫眉之墨。』況這林妹妹眉尖若蹙，用取這兩個字，豈不兩妙。」❷

石與玉是一類。顰字暗合眉蹙，推及畫眉的黛，所以說「兩妙。」要注意「西方有石名黛，」句中的「西方」。寶玉的「杜撰」是別有作用的。

紅樓夢第一回：

只因西方靈河岸上，三生石畔，有絳珠草一株。……遂得脫卻草胎木質，得換人形，僅修成個女體。❸

第三回的「西方有石名黛」，原是照應第一回「西方靈河岸上，三生石畔，有絳珠草一株。」這句。

甘澤謠．圓觀：

圓觀者，大歷末，洛陽惠林寺僧。……李諫議源，……唯與圓觀為忘年交。……遂自荊江上峽，行次南泊，……圓觀曰：「其中孕婦姓王者，是某託身之所。……浴兒三日亦訪臨，若相顧一笑，即其認公也。後更十二年中秋月夜，杭州天竺寺外，與相見公之期也。」……是夕圓觀亡

❷甲戌本卷三，頁一四乙面至頁一五甲面。

❸同❷卷一，頁九乙面。

而孕婦產矣。……後十二年秋八月，直詣餘杭，……李公就謁曰：「觀公健否？」卻問李公曰：「真信士矣。」圓觀又唱竹枝，……歌曰：「三生石上舊精魂，賞月吟風不要論。慚愧情人遠相訪，此身雖異性長存。」❹

脂旁批便是引甘澤謠圓觀歌竹枝詞的首句。「三生石」即紅樓夢補天未用那塊石的原型。此石上積露，滴溉其「畔」的一株絳珠草。二者若圓觀與李源的忘年交。草木同類，林，李雙聲，故推林黛玉的真姓是李氏。

紅樓夢第十九回：

寶玉見問，便忍著笑，順口謅道：「揚州有一座黛山，山上有個林子洞。……林子洞裡原來有群耗子精，……也變成個香玉，(甲辰本作「香芋」) 滾在香玉堆裡。……卻不知鹽課林老爺的小姐纔是真正香玉呢。……(黛玉道) 我就知道你是編我呢。❺

林為木所成，木和子合成李字。

又，第一回：

❹ 唐人傳奇小說頁二五八至二五九，粹文堂出版，汪辟疆校。

❺ 庚辰本頁四〇一至四〇二。

不過偷香竊玉，暗約私奔而已。❻

很明顯「香玉」表面諧音「香芋」外，其實是代表閨秀，小姐。

元好問倦繡圖詩：「香玉春來困不勝，啼鶯喚夢幾時醻。可憐憔悴田家女，促織聲中對曉燈。」❼

香玉和田家女對舉，更可見是指富貴家的女兒而言。鹽課老爺的小姐當然是不折不扣的香玉。

紅樓夢第二回：

在甄家之風俗，女兒之名亦皆從男子之名命字。不似別家另外用這些春、紅、香、玉等艷字的。❽

此更反證有些「別家」為女兒命名用了春、紅、香、玉等字。黛玉的母親從男子之名命字，林如海則是「別家」；替女兒取了個有「艷」字的名。

紅樓夢第十八回：

元妃……擇其幾處最喜者賜名。按其書云……紅香綠玉改怡紅快綠。……因不喜紅香綠玉四字，

---

❻ 甲戌本卷一，頁一〇甲面。
❼ 吳美玉元遺山詩研究頁四九。
❽ 甲戌本卷二，頁一二甲面。

改了怡紅快綠。你這會子偏用綠玉二字，豈不是有意和他（指元妃）爭馳了。……你只把綠玉的玉字改作蠟字就是了。❾

寶玉替怡紅院原擬的匾題是「紅香綠玉」，全是女子的名字，元妃卻改為「怡紅快綠」。「綠玉」二字與「黛玉」相近，不為元妃所喜。後來元妃賜寶玉和寶釵的禮物一樣，黛玉的則和迎、探、惜姐妹一樣，「金玉姻緣」便已定了。

綜合上述的理由，可推出黛玉的真名必然原就有個玉字。

紅樓夢第二十四回：

原來這小紅本姓林，小名紅玉。只因玉字犯了林代玉、寶玉，便都把這個字隱起來，便都叫他小紅。

脂雙行批：

又是個林。

紅字切絳珠。玉字則直通矣。❿

❾ 有正本頁六三六至六四四。

❿ 庚辰本頁五一四。

大家避玉字而不避紅字，元妃也不改去紅字，可見黛玉的真名中無紅字。林黛玉是絳珠草投胎的，絳、紅同義，珠玉義類，那麼林黛玉的真實姓名是李絳玉。

小紅是林之孝的女兒。林字去一邊，孝字除聲旁，便是木之（徃）子，成為一個「李」字。

紅樓夢第二十八回：

（黛玉）因說道：「我沒這麼大福禁受。比不得寶姑娘，什麼金、什麼玉的；我們不過是草木之人。」⓫

草木之人，在文字上只表示如草野之民，沒有金玉富貴的背景，實際上表現了照應「草胎木質」的絳珠草的寫作技巧，又暗隱著黛玉的真實姓氏是李字。

⓫ 同❿，頁六〇八。

巧姐、大姐兒是一人

甲戌本第六回：

於是來至東邊這間，屋內乃是賈璉的女兒大姐兒睡覺之所。

脂評：

記清。❶

這是賈璉、熙鳳的女兒，小名大姐兒，顯示是他們的第一個女兒。甲戌本第七回：

只見奶子正拍著大姐兒睡覺呢。❷

---

❶ 甲戌本卷六，頁九甲面。

❷ 同❶卷七，頁六甲面。

庚辰本第二十一回：

誰知鳳姐之女大姐病了，(出痘)。❸

此時大姐兒極幼，睡覺要人拍，推測大約一二歲。

庚辰本第四十一回：

忽見奶子抱了大姐兒來。大家哄他頑了一會。那大姐兒因抱着一個大柚子頑的、忽見板兒抱着一個佛手、便也要佛手。丫環哄他取去。大姐兒等不得，便哭了。眾人忙把柚子與了板兒，將板兒的佛手哄過來與他纔罷。❹

又庚辰本第四十二回：

大姐兒因為找我去。太太遞了一塊糕給他，誰知風地裡吃了就發起熱來。……我這大姐兒時常肯病，……我想起來，他還沒個名字，你就給他起個名字。……正是生日的日子不好呢，可巧

❸ 庚辰本頁四三八。

❹ 同❸，頁八七八至八七九。

是七月初七日。劉姥姥笑道：這個正好，就叫他是巧哥兒。❺

從以上引文看，大姐兒此時會走動，玩得動柚子，也該有三四歲了。以詩禮簪纓傳家的賈府，孩子到三四歲尚未取名，而須一村野老嫗命名，實在令人不解。

庚辰本第二十九回：

奶子抱着大姐兒，帶著巧姐兒另在一車。❻

便出現奇怪的現象了。鳳姐此時有兩個女兒，大女兒即上文劉姥姥取名的巧姐，而二女兒竟承襲了巧姐的原名叫大姐兒，這在賈府女孩子的排行及習慣上都說不通。巧姐所以原名大姐兒，因她是熙鳳的大女兒，巧姐是三四歲時改的，那麼二女兒絕不可能又叫大姐兒。問題出在那裡呢？筆者以為熙鳳只生一女，即巧姐。第二十九回的原稿應是「奶子帶著巧姐在另一車」，「抱著大姐兒」是後人加添的。原稿可能是一條旁批「記清大姐兒。」或抄手誤將旁批抄入正文。何以肯定熙鳳只有巧姐一女，沒有第二個女兒？「金陵十二釵」中有巧姐，如果巧姐有妹妹，那就是「金陵十三釵」了。這便是堅強的旁證。當然，如果前八十回的作者是二個人，這種現象便不足為奇了。

❺ 同❸，頁八九一至八九三。

❻ 同❸，頁六一六。

輯二

事物微觀

題名「紅樓」，意藏「織署」

曹雪芹家，從其曾祖父曹璽始，祖孫三代四人任江寧織造達六十年之久❶。據曹寅上康熙的奏摺所署的官銜是「江寧織造郎中」❷。其他奏摺多自署「江寧織造、通政使司通政使」及「管理江寧織造，通政使司通政使、加伍級，兼巡視兩淮鹽課監察御史」❸。織造郎中是初任織造的官職，為本官❹；通政使司通政使，是晉階三品的加銜❺；鹽政則為兼職❻。織造的辦公署在南京，也就是住家的地點，

---

❶ 周汝昌紅樓夢新證上冊人物考，頁四二至五〇。

❷ 關於江寧織造曹家檔案史料頁九。

❸ 同❷，頁三二、四五。

❹ 黃本驥歷代職官表頁一七六。

❺ 四庫全書總目提要：「居常飲饌錄，國朝曹寅撰，……加通政使銜。」
曹寅楝亭詩鈔卷三：「支俸金鑄酒槍一枚，寄二弟生辰詩自注：近蒙恩擢正三品。」

❻ 新發現的康熙六十年代刊上元縣志卷十六曹璽傳中，言曹寅於繼任江寧織造後「特敕加通政使，持節兼巡視兩淮鹽政。」（吳新雷關於曹雪芹的新資料），收入曹雪芹與紅樓夢頁四六。

為康熙南巡時駐蹕之處❼。

織造官主要責任是督理皇家衣物的織製；辦公衙門稱「織造廨署」❽。織造官雖編制上屬內務府❾，實則為欽差。馮其庸據內務府行則例查考出：「織造係欽差之員。……嗣後織造與督、撫相見，仍照先前行賓主之禮；文移俱用咨。」❿可見織造是由皇帝簡派的親信，和總督、巡撫等方面大員是平起平坐的。我們試看紅樓夢作者如何隱藏這個特殊的官員。

甲戌本第二回：

只說金陵城內，欽差金陵省體仁院總裁甄家，你可知麼？（冷）子興道：誰人不知！這甄府和賈府就是老親。

眉批：

又一個真正之家，持與賈家遙對，故寫假則知真。（卷二，頁一〇乙面）

❼趙岡先生康熙南巡與紅樓夢，收入其紅樓夢論集頁六一。

❽同❼。

❾黃本驥歷代職官表頁七一。

❿馮其庸曹雪芹家世史料的新發現，收入曹雪芹與紅樓夢頁一七。

可見所寫金陵的甄家是真實有的，所寫的賈府就是代表甄府。南京古名金陵；欽差完全符合清初織造的身分。織造董理皇家衣服及織用品等的裁製，所以紅樓夢中稱之為「總裁」。「體仁院」三字的含義則是更深晦，它又有幾個意思：

1.有「織造署」的隱義。織造所督製的衣服是御用的，穿在皇帝及其妃、子們的身上，親貼君體；「仁」、「聖」都是常用的頌聖字語；所以「體仁院」便是「織造院」，便是「織造署」。

2.周汝昌氏云：「（織造官掌理）織造一些皇帝的衣料和祭祀、封誥、賜賞所用的織品。」⓫可見皇帝封賜給臣下及其眷屬的絲綢品，也出於織造署；意味著他們「仰體仁恩」的象徵。

3.康熙六次南巡，有五次都駐蹕於江寧織造署⓬，對曹寅一家來說，至為榮寵⓭，是曹家，甚至臣民、外國教士等晉謁皇帝⓮，「體仁」「沐德」之所。紅樓夢的作者將曹寅這織造署一變而為「體仁院」原因在此。

此外，再從音義上找些支持愚見的證據。

⓫ 周汝昌曹雪芹和江蘇，收入曹雪芹與紅樓夢頁三。

⓬ 趙岡先生康熙南巡與紅樓夢（紅樓夢論集頁五二、六二）。

⓭ 陳康祺郎潛紀聞三筆卷一云：康熙己卯夏四月，駐蹕曹寅織署，親書「萱瑞堂」賜曹寅之母孫氏（周汝昌紅樓新證頁四〇二引）。

⓮ 方豪先生曾經進入江寧織造署的西洋教士（香港中文大學新亞書院出版紅樓夢研究專刊第七輯）。

漢書・哀帝紀：「齊三服官，諸官織綺繡，難成，害女紅之物，皆止，無作輸。」

顏師古注引如淳曰：「紅亦工也。」（卷十一）

漢書・景帝紀：「錦繡纂組，害女紅者也。」顏注：「紅讀曰功。」（卷五）⑮

墨子・辭過篇：「女工作文采，」⑯的「女工」，即是漢書中的「女紅」。「工」「紅」古今字。⑰

康熙二十三年未刊稿本江寧府志卷十七宦迹的曹璽傳稱其官階是：「升內工部。康熙二年，特簡督理江寧織造。……加正一品。」康熙六十年刊上元縣志略同⑱。所以熊賜履曹公崇祀名宦序云：「國家設織造署于江滸，以應上供匪頒之用，命內冬官出領之。」⑲下即引漢書景帝「女紅」句。曹寅任蘇州織造時，吳之振題曹子清工部楝亭圖⑳，稱之為工部。所以織造署是總管裁縫刺繡的衙門，稱為

---

⑮ 朱駿聲說文通訓定聲云：「（紅）叚借為功，實為工。」

⑯ 張純一墨子集解卷一，頁五三。

⑰ 古指先秦，今指漢及其後。

⑱ 馮其庸曹雪芹家史料的新發現（曹雪芹與紅樓夢頁一五、一六）。

⑲ 經義堂集卷之四（周汝昌紅樓夢新證頁四〇三引）。

⑳ 黃葉村庄詩集卷七（同⑲，頁三三五引）。

「工樓」是名正言順。「工」即「紅」，音義同。那麼書中的「紅樓」便是「工樓」，隱藏著「織造署」在內；「紅樓夢」便蘊含「織署夢」的意義，也就是追憶發生在織署的故事。

甄家、賈府隱藏江寧織署曹家探微

俞平伯先生的劄記十則之A：「書中寫的是賈氏，而作者卻是姓曹。所以易曹為賈，即是真實隱去的意思。但所以必寓之於賈，卻有兩個意思：⑴賈即假，言非真姓。⑵賈與曹字形極相近似。」（紅樓夢辨下卷，頁七三）

俞先生「易曹為假」的第一個意思「賈即假」，紅樓夢脂批已言及❶；所指出的賈、曹形似，甚有見地。

我認為「賈」字除了像「曹」字外，還有更深些的義蘊。

紅樓夢中的賈府及甄府，都含有「西」字，不是偶然的取拾。「西」字對紅樓夢故事的真實層面，有其特殊的蘊意。

甲戌本第七回：「到好模樣兒，竟有些像咱們東府裡蓉大奶奶的品格。」（卷七，頁四乙面）第十四回：「如今請了西府裡璉二奶奶管理內事。」（卷十四，頁一乙面）寧國府與榮國府，同在寧榮

---

❶ 甲戌本第一回：「姓賈名化。」夾批：「假話。妙！」（卷一，頁一二甲面）

街上的同一邊，僅隔著一條家巷；寧國府在東，榮國府在西，所以寧府人稱榮府為「西府」，榮府人稱寧府為「東府」❷。甲戌本第二回：「在甄家之風俗，女兒之名亦皆從男子之名命字。」與賈家賈敏同。故甄家即賈家。

「西府」是紅樓夢的主體，試看批者如何將「西」字的特殊意義批出：

甲戌本第二回：

就是後一帶花園子里，樹木山石，也都還有蓊蔚洇潤之氣。

夾批：

後字何不直用西字？恐先生墮淚，故不敢用西字。（卷二，頁七）

這暗示「先生」是紅樓夢的真實面中的人物，其身分是作者的父兄或長輩。秉筆增刪紅樓夢的「空空道人」（曹雪芹的化身），因恐「先生墮淚」，所以把花園稍移了個方向❸，以避免「先生」見了「西

❷ 同❶，第二面：「那日進了石頭城，從他老宅門前面經過，街東是寧國府，街西是榮國府。」（卷二，頁六乙面）

❸ 大觀園移位，見紅樓夢第三回甲戌本夾批：「試思榮府園今在西，後之大觀園偏寫在東，何不畏難之若此。」（卷三，頁八甲面）及今人戴不凡曹雪芹拆遷改建大觀園一文，收入顧平旦編大觀園頁七六至九〇。

園」而傷心。

康熙五十一年正月二十五日，內務府總管赫奕奏請查對曹寅修建西花園工程摺云：「奏為請派慶豐司郎中李延禧，慎刑司員外郎雅斯泰，查對曹寅修造西花園房屋。」❹這是曹寅織造裡的「西花園」，因係織造官署，修建工程自然朝廷要查帳。織署的「西花園」便是「大觀園」❺的真實界；尤侗稱曹寅為「西園公子」可證（艮齋倦稿卷四頁五）。

江寧織署中，靠近「西花園」的「西堂」，出現在曹寅的友人施瑮的病中雜賦詩中：

楝子花開滿院香，幽魂夜夜楝亭旁；廿年樹倒西堂閉，不待西州淚萬行。

自注：

曹楝亭公時拈佛語對坐客云：「樹倒猢猻散。」今憶斯言，車輪腹轉；以瑮受公知最深也。楝亭、西堂，皆署中齋名。❻

❹ 關於江寧織造曹家檔案史料頁九五。

❺ 翁同文教授大觀園乃官廨中的花園引庚辰本第七十三回：「且大觀官園，」為證（按：此為翁著大觀園的影射對象之中篇，其初篇見六十四年幼獅月刊第四十一卷第七期）。

❻ 施瑮隋村先生遺集卷六（紅樓夢新證頁五一七引）。

持「樹倒猢猻散」及「西堂」與紅樓夢相印證：

有正本第五回：

> 為官的家業凋零，富貴的金銀盡散，

批云：

> 與「樹倒猢猻散」作反照。（學生書局影印大字本，頁一九三）

甲戌本第十三回：

> 若應了那句「樹倒猢猻散」的俗語，

眉批：

> 樹倒猢猻散之語，（今）猶在耳，曲指三十五年矣！傷哉！寧不慟殺。（卷十三，頁二甲面）

庚辰本第二十二回：

> 猴子身輕站樹梢。

批云：

所謂「樹倒猢猻散」也（聯亞出版社影本，頁四六九）

可見這是曹寅常講的一句話。「西堂」見於：

庚辰本第二十八回：

我先飲一大海。

眉批：

大海飲酒，西堂產九臺靈芝日也。批書至此，寧不悲乎。壬午重陽日。（頁五九八）

甲戌本同回：

有不遵者，連罰十大海，逐出席外與人斟酒。

夾批：

誰曾經過？嘆嘆！西堂故事。（卷二八，頁一〇甲面）

我認為「西堂」可能就是紅樓夢裡的「夢坡齋」。甲戌本第八回：「老爺在夢坡齋小書房裡歇中覺呢。」夾批：「使人遐思。」甲辰本批：「妙！夢遇坡仙之處。」隱去了一個「東」字，暗與「西堂」相襯托。

曹璽在康熙二年任江寧織造❼，也就是曹家住在南京之始。最近，戴不凡曹雪芹拆遷改建大觀園一文，有一段獨到的見解：「依吳儂口語中的『禧』、『西』是同音的，……原來所謂『榮禧堂』❽，蓋榮國府『西堂』之諧音也。……畸笏在小說批語中還兩次提到過『西堂』故事。『榮禧堂』之名，看來不是隨便取出來的。」「查辭源：禧音僖，僖則音熙；熙與西，字正同音。」❾

因此我認為紅樓夢中「榮禧堂」蓋隱含紀念曹璽的意思，相當真實面中的「萱瑞堂」——康熙為壽其奶母孫氏（曹璽之妻，曹寅之母）所親手題的匾額所在❿。康熙十四年十二月，給曹家的誥命云：「江寧織造三品郎中加四級曹熙之祖父。」⓫而且四次提到曹璽都作曹熙。可見二字在寫誥命的人耳中是同音。夫婦一體。紅樓夢作者使用「榮禧（璽）堂」來隱去真實的「萱瑞堂」；而真實的「西堂」，

---

❼ 江南通志職官志：「江寧織造曹璽，滿洲人，康熙二年任。」（同❻頁二六九引）

❽ 甲戌本第三回：「匾上寫著斗大三個字，是『榮禧堂』。」（卷三，頁九甲面）

❾ 顧平旦編大觀園頁八四（按：廣韻七之韻，「熙、熈」同切許其，是其證）。

❿ 陳康祺郎潛紀聞三筆卷一（紅樓夢新證頁四〇二引）。

⓫ 周汝昌紅樓夢新證頁二八五至二八七。

只是曹璽的書齋，後來曹寅仍舊；不是大廳正堂。

從拆字上來看，「賈」是「西」「貝」，「西」方色「金」，「貝」是錢；代表賈府有金錢。「甄」是「西」「土」「瓦」，代表甄家黃金如土如瓦之多。甲戌本第十六回：「獨他家接駕四次，若不是我們親眼看見，告訴誰誰也不信的。別講銀子成了土泥，……」（卷十六，頁一一甲面）便是明確的佐證。庚辰本第五十六回寫甄家人對賈母說甄寶玉和姐妹都同賈府。

由上所論看來，正符合了賈寶玉夢中石牌坊「太虛幻境」兩邊那副對子的上聯：「假作真時真亦假。」以及脂批「寫假則知真。」的提示。所以，甄家、賈府本是曹寅織署在紅樓夢中的幻象，而「西」字則扮演著繫聯書中南北二地費長房所見壺的角色。

「有鳳來儀」與曹寅「棟亭」

己卯本第十七回至十八回❶，記大觀園將峻工，賈政及其清客等察看建築情形，命寶玉擬題匾聯，以試其才；至瀟湘館，寶玉擬匾上四字：「莫若『有鳳來儀』四字。」雙行批曰：「果然。妙在雙關暗合。」❷庚辰、有正本皆同，可惜甲戌本缺此回。

這條批很重要。不知作書底裡的人，只能批出「雙關」；「暗合」則顯示批者深悉紅樓夢的寫作背景。

雙關的意思易曉。大觀園是為賈妃省親而建，供其宴遊坐息之用。瀟湘館以竹名，為園中三勝之一，幽清可愛，是賈妃之所必幸。題「有鳳來儀」，明鳳暗妃，用舜妃斑竹的典❸，切人切景，所以批「雙關」。

❶ 此二回未分，己卯本回前批曰：「此回宜分二回方妥。」庚辰本同。

❷ 己卯本頁一六二。

❸ 群芳譜：「世傳二妃沈湘水，望蒼梧而泣，灑淚成斑。」

暗合的意思就隱晦難稽。甲戌本第十六回回前總批：「借省親事寫南巡，出脫心中多少憶惜（昔）感今。」❹這條批是揭露全書故事背景之鑰（容另文討論）。

劉向列女傳有虞二妃：「舜為天子，娥皇為后，女英為妃；舜陟方，死於蒼梧，二妃死於江湘之間，俗謂之湘君。」紅樓夢作者用這典故寫康熙南巡的史實，這是暗合之一。鳳為禽之王，象徵人間的帝后；「有鳳來儀」即「帝來臨幸」的意思，出於尚書．益稷：「簫韶九成，鳳皇來儀。」❺「簫」暗合瀟湘館的竹，而另有隱義。

曹璽在康熙二年出任江寧織造（參見上文），即在署中手植楝樹一株，樹下構一亭以課二子（曹寅、曹宣），亭名「楝亭」。二十多年後，曹寅繼任，楝樹已高大似桐❻，曹寅取亭名為別號，以寄孝思。當時何嘗不「憶昔感今」呢。試從紅樓夢書中，賈政等行至瀟湘館的描寫來看二者暗合的情形。庚辰本第十七至十八回：

> 賈政笑道：「這一處還罷了。若能月夜坐此窗下讀書，不枉生一世。」說畢看著寶玉。唬的寶玉忙垂了頭。（頁三二二）

---

❹ 甲戌本第十六回前批語。陳慶浩輯校加「（昔）」以正「惜」之誤。可從。
❺ 十三經注疏．尚書．益稷頁七二。
❻ 紅樓夢新證引尤侗艮齋倦稿卷五十亭賦並序。

曹寅幼秉庭訓，努力讀書於楝亭；長大了乃能克紹衣德。賈政極喜讀書，而寶玉不喜讀正書，因借此來規勉他。且再看「鳳」與「楝」的系聯：

莊子．秋水篇：「夫鵷鶵，發於南海而飛於北海，非梧桐不止，非練實不食，」郭慶藩集釋：「疏：『鵷鶵，鸞鳳之屬，亦言鳳子也。楝實，竹食也。』」❼李時珍曰：「王禎農書言鵷鶵食其實。」❽則「練」即「楝」的假借字。廣韻去聲三十二霰，練、楝同郎甸切，注云：（楝）木名，鵷鶵食其實❾。曹璽種楝樹的原因在切合他的身分。尤侗艮齋倦稿卷五楝亭賦云：「楝者練也，取以尚衣，五采乃見。」❿所以袁枚隨園詩話：「康熙間，曹練亭為江寧織造，」⓫作「練」亭也不算錯。

鳳相傳非梧桐不棲，而以楝實為食。大觀園中有梧桐，良竹美箭（隱楝），與康熙之南巡，非織造署不駐蹕，若合符節，所以只有熟悉紅樓夢底裡這一位批書者才能批得出「暗合」的「妙」處。

---

❼莊子集釋卷六，頁六〇五。
❽本草綱目頁一一四六。
❾藝文印書館影印澤存堂本廣韻頁四〇七。
❿同❻。
⓫紅樓夢卷頁一一二。

「借省親事寫南巡」探究

甲戌本第十六回的回前總批，有一條很重要的批語：

借省親事寫南巡，出脫心中多少憶惜（昔）❶感今。

筆者提過，這是一條揭露全書故事背景的鑰匙批❷，現在詳為探究如下：

甲戌本在這條批語的前面另一條批語是：

大觀園用省親事出題，是大關健（鍵）❸處，方見大手筆行文之意。

❶ 從陳慶浩新編紅樓夢脂硯齋評語輯校，頁一八五。按：陳氏誤將下條「極熱鬧極忙中寫秦鍾夭逝，可知除情字俱非寶玉正文。」併入此為一條。引起陳氏錯合的原因，是「借省親事」一條剛好是十七個字滿行。

❷ 見「有鳳來儀」與曹寅「楝亭」一文，參見本書頁一四九。

❸ 從陳慶浩輯校，見其書頁一八五。

庚辰本這條批語是條眉批：

大觀園用省親事出題，是大關鍵事，方見大手筆行文之意。畸笏。

比較這兩個本子的這條批語，庚辰本保留了批者「畸笏」的署名，應是最接近原批的。「是大關鍵事」與「大關鍵處」有一字之差，筆者認為都解得通，似乎告訴讀者，「省親事」是全書的「大關鍵」地方，或「大關鍵」的事情，與甲戌本緊接其下的「借省親事寫南巡」批語一暗一明，相為表裡，隱透出撰書底裡的消息。

甲戌本第十六回：

一時賈璉的乳母趙媽媽❹走來，賈璉與鳳姐忙讓他一同喫酒，……鳳姐笑道：「媽媽，你放心，兩個奶哥都交給我。你從小兒奶的，你還有什麼不知道他那脾氣的，」……「剛才老爺叫你說什麼?」賈璉道：「就為省親。」……趙嬤嬤道：「阿彌陀佛，原來如此。這樣說偺們家也要預備接偺們大小姐了。」

庚辰本在「大小姐」旁，夾行批：

❹「趙媽媽」，己卯本、庚辰本、全抄本作「趙嬤嬤」，有正本作「趙媖媖」。

文忠公之孃。

甲戌本同回：

鳳姐笑道：「若果如此，我可也見箇大世面了。可恨我小幾歲年紀，若早生二三十年，如今這些老人家也不薄我沒見世面了。說起當年太祖皇帝訪舜巡的故事，比一部書還熱鬧，我偏沒造化趕上。」趙嬤嬤道：「嗳喲喲！那可是千載希逢的。……還有如今現在江南的甄家，嗳喲喲！好勢派！獨他家接駕四次，若不是我們親眼看見，告訴誰誰也不信的。」

夾行批：

甄家正是大關鍵，大節目，勿作泛泛口頭語看。

這條批語，己卯本、庚辰本，有正本都有。跟甲戌本、庚辰本的「大觀園用省親事出題，是大關鍵處」相呼應。

庚辰本第十六回：

偺們賈府正在姑蘇揚州一帶，監造海舫，修理海塘，只預備接駕一次。

夾行批：

又要瞞人。

這幾條批語至少提供我們二條線索：

1.甄府在南京接駕四次，是趙嬤嬤「親眼看見」的事，則甄府便是賈府，是在南京。

胡適先生的紅樓夢考證，是最早引用了這段文字，考出：「此處說的甄家與賈家都是曹家。曹家幾代都在江南作官，故紅樓夢裡的賈家雖在長安，而甄家始終在江南。上文曾考出康熙帝南巡六次，曹寅當了四次接駕的差，皇帝就住在他的衙門裡。」❺

趙嬤嬤是賈府的人，那時賈府是在揚州、姑蘇，唯接駕一次。而甄府在金陵，她卻看到甄府接駕四次，這分明透出了作者將金陵分為幾個地方來寫，曹家分為甄賈兩府來寫的「障眼法」，所以批者才說作者「又要瞞人」。試想，趙嬤嬤怎麼四次接駕都在甄家呢？這就證明了賈府便是甄府了，換句話說，大觀園是在南京。

2.元春真有其人。

周汝昌紅樓夢新證指出：「按清代雍、乾時期謚文忠的，只有傅恒一人。這使我相信傅恒家一說❻

❺見胡適中國章回小說考證頁一八五。

❻見蔣瑞藻彙印小說考證頁一四一。

雖謬，但他家與曹家有親戚關係卻是極可能的。」❼

周氏將趙嬤嬤解為「來自傅恒家之嬤」。周氏的引證固有據，而解釋則欠合。若曹家有女嫁到傅恒家❽，奶媽跟小姐去也是有的，但沒有男家單送個奶媽來的理；而且「棟亭之甥也」❾的意義，不一定就是指曹寅姐妹生的孩子，連襟的兒子也叫甥，同時做賈璉的奶媽，年紀輩分也不相當。

筆者認為這條批也有些「瞞人」處。元春是真有其人，相當曹寅的女兒，嫁給平郡王納爾蘇（清太祖努爾哈赤的次子代善的玄孫）為妻，應是王妃；也許曾南下歸省。紅樓夢的作者借她來代表康熙帝南巡，所以把她提昇為皇妃，那末當日康熙帝駐蹕南京織造府的盛大排場，以及曹家的無比恩榮得以寫入書中了。曹寅女嫁平郡王納爾蘇，周汝昌有詳細的考證：

康熙四十五年八月初四日曹寅一折奏云：「今年正月太監梁九功，傳旨著臣妻於八月船上奉女北上，命臣由陸路九月間接敕印再行啟奏，欽此欽遵。竊思王子婚禮，已蒙恩命尚之杰備辦無誤；筵宴之典，臣已堅辭。……」又同年十二月初五日折子云：「前月二十六日，王子已經迎

---

❼ 見周汝昌紅樓夢新證頁一〇五、一〇八。

❽ 同❼，頁九一，云：「祖姑某，璽女，寅、宣之妹，適傅鼐。八旗文經……『甥富察昌齡。』」

❾ 同❼，頁九一，云：「南澗文集亦云：『昌齡官至學士，棟亭之甥也。』按昌齡乃富察傅鼐之子。」

娶福金過門，上賴皇恩，諸事平順，並無缺誤。」❿

廣韻上聲十姥：「媽，母也。」中文大辭典引夷堅志：「見去歲亡過所生媽媽在旁。」紅樓夢第五十七回：「寶釵道：惟有媽說動話，就拉上我們。」「媽」也為對年老婦人之稱，「嬤」可能是「媽」的後起字。

鳳姐稱賈璉的乳母為「媽媽」，應解為「母」。甲戌本第十六回：

鳳姐又道：「……正好給媽媽喫，你怎麼不取去，趕著叫他們熱來。」又道：「媽媽你嚐一嚐你兒子（指賈璉）帶來的惠泉酒。」

賈璉送林黛玉往蘇、杭走了一趟，回程中經過江蘇無錫，買了些當地名產惠泉酒回家，夫妻對飲，順便請奶媽趙嬤嬤喝一鍾。俗語說：「有奶便是娘。」所以王熙鳳口中的趙嬤嬤，蘊含著「母」的意義。作者借趙嬤嬤口裡說出康熙帝南巡，甄府四次接駕，是有深意的：

曹寅的母親孫氏，是康熙帝的保母。毛際可安序堂文鈔卷十七葉一六萱瑞堂記云：

時內部郎中臣曹寅之母封一品太夫人孫氏叩頭墀下。

❿同❼，頁九四。

永憲錄續編葉六七：

（曹寅）母為聖祖保母。⓫

康熙三十八年，孫氏六十八歲，其子曹寅任江寧織造，四月初十日，康熙帝南巡至於上元，以織造署為行宮；回程亦復駐此，寅奉母以見。帝書「萱瑞堂」賜之⓬。

馮景解春集文鈔卷四葉一御書萱瑞記：

……皇帝南巡回馭，止蹕於江寧織造臣曹寅之府，寅紹父官，實維親臣、世臣，故奉其壽母孫氏朝謁。上見之，色喜，且勞之曰：「此吾家老人也。」賞賚甚厚。會庭中蘐花開，遂御書「萱瑞堂」三大字以賜。……⓭

康熙帝御筆「萱瑞堂」，意義不僅限於正逢萱花開而已，實亦乳母也有母號，所以纔題這三字。對曹府來說，「親臣」、「世臣」的關係特別明顯地映現在這匾上，真是天大的恩榮。紅樓夢「剪接」了真正的王妃歸省和康熙帝南巡的部分「鏡頭」，而以元春貴妃的身分，代表康熙帝南巡見乳母。所

⓫ 同❼，頁二五三至二五五。

⓬ 同❼，頁三九七。

⓭ 同❼，頁四〇〇。

以甲戌本的回前總批說：

趙嫗討情閒文，卻引出通部脈絡，所謂由小及大，譬如登高必自卑之意。⓮

也即是先寫趙嬤嬤（乳母）與賈璉（乳子）的小，再到元春（女）歸省（父母、祖母）的大，而代表康熙帝南巡見乳母孫氏的本事。請讀者特別注意「卻引出通部脈絡」七個字，不是跟「大關鍵」相應嗎？所以筆者認為「借省親事寫南巡，出脫心中多少憶昔感今。」是一條鑰匙批，套用脂批：「勿作泛泛口頭語看。」

其次，來探究大觀園在金陵。

翁同文教授在大觀園乃官廨中的花園一文⓯說：

庚辰本石頭記第七十三回寫傻大姐拾得繡春囊後，脂硯齋雙行夾批道：

險極妙極，榮富（府）堂堂詩禮之家，且大觀官園，又何等嚴肅清幽之地，金閨玉閣，尚有此等穢！（頁一七四九）

⓮ 見甲戌本紅樓夢第十六回。

⓯ 為翁同文大觀園的影射對象一文之中篇的一節，未發表，蒙翁教授寄贈手稿影印本。其初篇見六十四年幼獅月刊第四十一卷第七期。

這條批語說明大觀園是「官園」，頗為重要，以往未被紅學家注意揭示，與俞平伯先生的脂硯齋紅樓夢輯評或有關係，故復贅數行說明。俞先生（筆者按：俞平伯先生為翁教授大一國文老師）的輯評，先後有一九五四、一九五五、一九五七、一九六三等年各版，在一九五七年以前各版中，「大觀官園」句的「官」字，用方匡劃出，以為應刪；園字下又無逗點，遂與下句連接，成為「且大觀園又何等嚴肅清幽之地」的長句。到一九六三年版，簡直將「官」字刪去。……但私家花園，即使清幽，卻說不上怎麼嚴肅；這條批語下文「又何等嚴肅」，實承上文「官園」而來。故筆者認為「官」字並非衍文。仍予保留，且於「園」字下加逗點。

翁同文教授這一判讀非常精確而重要。俞平伯先生所以要刪字，是受了大觀園在北京這一先入為主的成見影響，所以刪「官」字來遷就他們的主在北京說。幸好這個錯誤由他的高足指正過來了。

筆者試從紅樓夢本文中找證據，來證明大觀園是「官園」而且在南京（參見本文附錄）。

上文提過賈璉的乳母在金陵的甄府看到四次接駕的熱鬧，證明賈府就是甄府，在南京。現在再舉甲戌本第十六回的其他證據：

彼時趙媽媽已聽歇了話。平兒忙笑推他，他纔醒悟過來，忙說：「一個叫趙天樑，一個叫趙天棟。」

趙嬤嬤托賈璉、鳳姐安排趙嬤嬤兩個兒子在大觀園興建工程中的差事，他們的姓名，卻很耐人尋味。趙是宋朝皇帝的姓，「天樑」、「天棟」是「國家的棟梁」的意思，可是書中並未見到賈璉奶兄弟工作的下文，所以可能是虛構的兩個人物，主要是用「天樑」、「天棟」來隱透大觀園是皇帝的行宮，在封建時代，用「天」來頌聖是大家的習慣。

綜合以上所舉的證據，筆者的結論是：「借省親事寫南巡」的「南」，狹義指的是南京的織造署，元春是康熙帝的象徵，因為夫婦是一體的。

附錄：紅樓夢大觀園的地點（節錄）

（此文為筆者應中華文化復興委員會之邀講演詞的舉證部分，可與上文相印證。）

大觀園地點的南北二派各說的大概情形如上，以我個人的看法，我認為大觀園在南京，我們先從林黛玉行到榮國府的路程，便可證明榮府不在北平。

甲戌本第三回：

> 黛玉自那日棄舟登岸時，便有榮國府打發了轎子並拉行李的車輛久候了。……自上了轎，進入城中……又行半日，忽見街北蹲著兩個大石獅子，三間獸頭大門。……

從蘇州坐船去北平，當在通縣下船，通縣距北平有幾十華里，坐轎恐怕很晚纔到。從上文看，榮府是在黛玉到岸的當天打發轎子去的，等船一到碼頭，黛玉便棄船坐轎，進城在轎中很久，纔到榮府。如果是自北平派轎去通縣，則要先一天去接。不是上文的寫法。

黛玉進入榮府，拜見賈母，迎春等仍未上學。拜見賈赦，仍是下午。拜見賈政，王夫人說：「（寶玉）去廟裡還願未回。晚間你看見便知。」亦仍未天黑。所以我認為大觀園不在北平。如果換成南京，便沒有問題。

趙岡先生是力主大觀園即南京織造署說，他的意見是：江寧織造署是大觀園的模型。但又說：「雪芹常常借用北京朋友家中的景物，甚至北京的有名私家花園，把它寫在書中。」（紅樓夢的素材與創作）多少受了周汝昌的意見的影響。方豪先生認為「南京的曹府（織造署）和北京的曹府（後來的和珅府）都是曹雪芹構思的藍圖。」（從紅樓夢所記西洋物品考故事的背景）

趙岡先生在紅樓夢的素材與創作一文中，曾舉了幾條證據，力持在南京說，這裡我不重覆。我試從紅樓夢的本文和脂評，補充幾點在南京的佐證：

1.「西帆樓」與「天香樓」

甲戌本第十三回，敘秦可卿死，請僧道超度：「另設一壇於天香樓上」。靖藏本「天香樓」作「西帆樓」。靖藏本眉批：「何必定用『西』字，讀之令人酸鼻。」可見是實有此樓名。把樓名改成「天香」豈僅為了「令人酸鼻」，實因要「隱」其真地。秦可卿死的情節有「遺簪」「更衣」，為了「隱」而改為「彼時合家皆知，無不納罕，都有些疑心。」靖藏本眉批指出：「通回將可卿如何死故隱去，是余大發慈悲也。嘆嘆！壬午季春，畸笏叟。」

樓名西帆，為切實景，必登樓西眺，有帆來往。北平城內西望，只有西山，根本看不到「西帆」；如果在南京城中，便很貼切。秦淮河、長江都在南京的西邊，緊依著城垣。在織署西眺，可見白帆片片。

2. 寶玉私祭

庚辰本第四十三回，鳳姐生日，也是金釧生日紀念，寶玉私出榮府，「茗煙道：這是出北門的大道，……往前再走二里地，就是水仙菴了。……茗煙道，那井臺上如何？……寶玉掏出香來，焚上，含淚施了半禮，……二人便上馬，仍回舊路。」金釧投井而死，寶玉自愧，在金釧生辰紀念日出去私祭，為何偏出北門？且看第四十四回：「林黛玉因看祭江這一齣上，便和寶釵說：這王十朋也不通的狠，不管在那裡祭一祭罷了，必定跑到江邊子上來作什麼？俗語說，覩物思人，天下的水總歸一源，不拘那裡的水，舀一碗看著哭也就近情了。」借王十朋祭江（在南方）來諷喻寶玉的祭江。北平出北門十里內無河，華北的水大多數叫河，很少叫江（東北例外）。南京出北門（玄武門）或金川門數里便是江邊，江是水的通稱，也可作長江的專名，南京的西、北都是長江。水仙是洛神，菴離江當不遠。

3.本地風光

庚辰本第四十九回，寶琴、邢岫煙、李紋、李綺等同路入京中的榮府，賈寶玉在怡紅院向襲人等說：「誰知不必遠尋，就是本地風光，一個賽似一個，」遠來的卻說「本地風光」，可見是一地，故意分作兩地。

己卯本第五十六回：賈寶玉夢甄寶玉：「寶玉咤意（詫異）道，除了我們大觀園，更又有這一個園子。」脂批：「寫園可知。」甄府在南京。甲戌本第十六回回前總批：「借省親事寫南巡，出脫心中多少憶惜（昔）感今。」可見夢中的大觀園，便是真大觀園。

己卯本第五十七回：「原來是王夫人要帶他拜見甄夫人去，寶玉自是歡喜，忙去換衣，跟了王夫人到那裡，見其家中形景，自與榮寧不甚差別。……他（甄夫人）母女便不作辭，回任去了。」甄夫人來京，王夫人帶寶玉往見，而說「其家中」，則甄府在京有家。回南京說成「回任」，南京便是任所。這不是說出江南甄府大觀園即是賈府的大觀園，與曹家的構形相合。

庚辰本第七十三回：「正要拿去與賈母看。」脂批：「險極妙極！榮富（府）堂堂詩禮之家，且大觀官園，又何等嚴肅清幽之地。」七十五回：祠堂發悲音，脂批：「先寫寧府異道，蓋寧乃家宅。」可見大觀園是官署中的花園。也就是「任所」的花園。

4.南方氣候

庚辰本第五十三回：「烏進孝忙進前了兩步，回道：『回爺說，今年年成實在不好，從三月下雨起，接接連連，直到八月，竟沒有一連晴過五日。』」這種天氣在南方偶有。三月春雨，接著五月梅雨，六七月若有颱風也多雨，八月秋雨，在南京是說得通；若在北平，便不是這種氣候。

5. 朱樓水國

庚辰本第五十二回，寶琴述外國女子所作中國詩：「昨夜朱樓夢，今宵水國吟，島雲蒸大海，嵐氣接叢林。月本無今古，情緣自淺深，漢南春歷歷，焉得不關心。」朱（紅）樓地點在水國，應該不是乾燥氣候區的北平。漢南距海尚遠，不切「島雲蒸大海」句，可能暗隱「江南」，而南京的地理氣候都講得通。

6. 大觀園、秦觀、與南京

紅樓夢的大觀園，是元春所命名，元春象徵南巡的皇帝。宋史・文苑傳：「秦觀字少游，一字太虛，揚州高郵人。」著有淮海集。南京在秦淮河畔，紅樓夢的作者把秦觀的名字籍貫化入書中，暗示出「太虛幻境」在南京。

以上六點是我個人的管見，請各位批評指教。

紅樓夢題名探微

甲戌本「凡例」下的「紅樓夢旨義」，針對第一回楔子❶中各種紅樓夢題名的意義，最先作了些微的提示❷。後來，周春在他的閱紅樓夢隨筆中，對此書的題名曾有稍深入的探討：

開卷云說此「石頭記」一書者，蓋金陵城呉名石頭城，兩字雙關。（紅樓夢卷頁六八）

指出「石頭」其人記「石頭」城事，甚有見地；惜僅此寥寥數字，未能舉證。

---

❶ 甲戌本第一回，頁八乙面眉批：「若云雪芹披閱增刪，然後開卷至此這一篇楔子又係誰撰？足見作者之筆狡猾之甚。」

❷ 甲戌本「紅樓夢旨義」云：「是書題名極多，口口紅樓夢，是總其全部之名也。又曰風月寶鑑，是戒妄動風月之情。又曰石頭記，是自譬石頭所記之事也。……又名曰金陵十二釵，審其名則必係金陵十二女子也。」

西元一九五〇年九月，俞平伯先生發表紅樓夢正名❸，認為：

紅樓夢這個名詞，可以有三個不同的解釋，由狹而廣，有小名、中名、大名的分別。小名即曲子（按：即寶玉夢中警幻仙子所演示紅樓夢曲十二支），……（中名）跟「情僧錄」、「風月寶鑑」、「金陵十二釵」站在一排上，……只用來表示本書某種的涵義因素，本不是書名。但「紅樓夢」卻與此不同。……（一）它包括本書一切的內容。（二）它統括了本書的許多異名。

俞先生認為那條「吳玉峰題曰紅樓夢」❹，為其他各本所無，可見是作者自己刪除的；刪去的理由，是不願把這個名排在中名裡，以突出「紅樓夢」的大名地位。俞先生臚列的理由很薄弱，但以「紅樓夢」為大名，則深合「紅樓夢旨義」所說「總其全部之名也。」唯重點在為這部鉅著爭正名，未及其蘊義❺。

---

❸ 俞平伯此文，收入其紅樓夢研究頁二四五至二五一。此書大部分為其紅樓夢辨舊作，後增附此文及其他新作數篇於書尾，易以今名。

❹ 甲戌本第一回，頁八甲面。

❺ 蔡元培先生石頭記索隱，以紅字影朱字，指「明」朝，為眾所知，此不贅。伊籐漱平教授有關紅樓夢的題名問題，亦不及題名的深義（伊籐文收入吳宏一教授編的紅樓夢研究彙編㈠）。

民國六十九年，翁同文教授❻發表怡紅院與悼紅軒及書名紅樓夢統括「夢中怡紅」「夢覺悼紅」二文❼，闡發其中「紅」字象徵「幸福」，以及有「粉紅色的夢」二義，云：「紅樓即指幸福之家，紅樓夢就是幸福的夢。」確能揭舉「吳玉峰題曰紅樓夢」的部分義蘊。

我認為「紅樓夢」三字所涵藏的，還不止以上諸家所說，試作蠡測於後：

一、字面上暗示故事發生的地點

正如索隱派所舉，「紅」字是影射「朱」字；但我不認為是指明朝。紅樓即朱門，象徵南京。在二十八宿中，南方七宿總名「朱鳥」。紅、朱、赤義同，說文解字云：赤為南方色。紅樓夢甲戌本第一回的葫蘆廟中炸供失火那節，硃色眉批云：「寫出南直召禍之實病。」❽南直即南直隸之簡稱。顧祖禹讀史方輿紀要云：「南京亦曰南直隸。」❾尚可見清初人的口頭上，仍習稱南京為南直。「紅」字即代表「南」字。

說文解字云：「樓，重屋也。」「京，人所為絕高丘也。」二字皆有高義。李孝定先生云：「京

❻ 翁同文先生，浙江人，曾任巴黎大學、南洋大學、威斯康辛大學教授，現仍兼任東吳大學教授。

❼ 六十九年四月二日、五日民眾日報副刊。

❽ 甲戌本第一回，頁一六甲面，未署批者名，疑為脂硯齋以外且深知作書底裡者所批。

❾ 讀史方輿紀要卷九，頁四二三。

象臺觀高之形。」「陳邦福云：王氏襄釋𠂤為京。邦福案，此正殷世重屋制也。」（甲骨文字集釋第五，頁一八四三）王、陳二氏所說，尤足以明「樓」「京」二字義同。

合「紅」「樓」二字之義，即為「南京」，「紅樓夢」也就是「南京夢」，清朝改南京為江寧，紅樓夢的作者稱古名金陵以代替。吳玉峰題曰「紅樓夢」，暗示故事產生的地點，夢憶南京的本事：明取「紅樓」，暗托「白門」。

二、吳玉峰題名的出處

——李義山春雨詩

上文提到「吳玉峰題名紅樓夢」，原來出於李商隱的七律春雨一詩：

悵臥新春白袷衣，
白門寥落意多違；
紅樓隔雨相望冷，（按：紅樓指富豪家，猶朱門也。）
珠箔飄燈獨自歸。
遠路應悲春晼晚，
殘宵猶得夢依稀。（馮浩注：惟夢可尋。）

玉璫緘札何由達？
萬里雲羅一雁飛。

紅、樓、夢三字全出此詩，地點也同。南齊書‧王儉傳：「宋世外六門設竹籬。是年初，有發白虎樽者，言：『白門三重門，竹籬穿不完。』」❿為「白門」的出處。後遂以「白門」代南京⓫，猶白下，石頭。李義山詩「白門」、「紅樓」並舉，給了吳玉峰莫大的啟示。

王儉傳中的「竹籬」，正是上文所引「寫出南直召禍之實病」一條硃批的正文「此方人家多用竹籬木壁（壁）者多」的出處。紅樓夢作者真是「狡猾」得順手揮來，都有深意；如非這位批者批出，誰也猜不到南京跟竹籬還有典據上的關聯呢；而批者的筆法仍如霧隔花。

不管「吳玉峰」是否真名，「吳玉峰」三個字也和李義山有些瓜葛。李、吳是百家姓中前八大姓中排位四、六；山、峰的意思更不用說了。李義山未第時，稱「玉谿生」⓬。很顯然，「吳玉峰題曰紅樓夢」一句，脫胎於李義山的春雨詩，筆者以為應該無可置疑。

❿ 南齊書卷二三，頁四三四至四三五。
⓫ 辭海「白門」條。
又：宋犖寄題曹子清戶部楝亭三首，有「楝亭好景白門稀」之句（周汝昌紅樓夢新證引）。
⓬ 辭海「玉谿生」條：「唐李商隱別號。」庚書‧藝文志有玉谿生詩三卷。馮浩玉谿生詩箋註。

三、「石頭記」「紅樓夢」題名倣「枕中記」「黃粱夢」

鄭振鐸中國文學史云：

> 枕中記敘盧生於一頓黃粱還未熟的夢境中，遍歷了人間的富貴榮華，亦嘗遇阨境；以此，醒後，便憮然若失，功名之念頓灰。元馬致遠的黃粱夢劇⑬，明湯顯祖的邯鄲記傳奇，皆衍此事⑭。
>
> （第二十九章傳奇文的興起頁三八二）

從唐傳奇小說之名為「枕中記」到元雜劇中的名為「黃粱夢」，影響了湯顯祖對南戲（傳奇）的題名⑮。「石頭記」相當於「枕中記」題名，意義偏重於導引故事發展的關鍵；偏重於小說的體裁。「紅樓夢」相當於「黃粱夢」而偏重於戲曲及內容。但命題者覺得「紅樓夢」三字，固源於十二支曲；然實在的意蘊更溢於此，如僅以曲名視之，未免太小看了它，所以「紅樓夢旨義」中，便明明白白的指示讀者：「夢中有曲名曰紅樓夢十二支，此則紅樓夢之點睛。」只是其題意之一；而「紅樓夢是總其全部之名也。」才是統領群目，囊括這部大書無遺的「大名」。因為它還包涵了地點在內，而表面上給人的意

---

⑬ 中國戲劇發展史云「黃粱夢」為馬致遠及花李郎、紅字李二所合撰。

⑭ 湯顯祖之邯鄲記傳奇，「傳奇」為「南戲」之異名。此劇的本名應為「邯鄲記」。

⑮ 玉茗四記又稱四夢。

象，只是富貴榮華，轉瞬成空，與「黃粱一夢」古今同轍；實際上是隱著地點南京。所以「石頭記」的「地點」、「作者」二個義蘊，跟「紅樓夢」的「地點」、「內容」、「戲曲」等多義相較，自然是後者涵蓋前者。至於「紅樓夢」仍有其他的含意，容另文詳論。於此，我們可以相信脂研等人在「朝代年紀，地輿邦國卻反失落無考。」⑯批云：「據余說卻大有考據。」之不虛。

⑯ 甲戌本第一回，頁六甲面。

賈府與內務府的關係

紅樓夢書中，除了第三回從黛玉進榮國府，看到正廳上那副對聯：

座上珠璣昭日月
堂前黼黻煥烟霞

甲戌本脂硯齋批「實貼」二字於此聯之下，可證賈府與織造署有關係外❶，其他地方也留有一些蛛絲馬跡。

甲戌本第十三回：

第四日，早有大明宮掌宮內相戴權先備了祭禮，遣人抬來，次後坐了大轎，打傘鳴鑼，親來上祭。……賈珍心中打算定了主意，因而趁便就說要與賈蓉蠲箇前程的話。戴權會意，因笑道：

❶ 見周汝昌紅樓夢新證·史事稽年頁二六九、三七四。

想是為喪禮上風光些……既是偺們的孩子要蠲，快寫個履歷來，……不如平准一千二百銀子，送到我家裡就完了。

文中分明沒有親族關係，則太監無出弔外官家屬喪殯之理。賈府如非內務府人，內相戴權（脂批：妙！大權也。）何因出弔？戴權又如何能說：「偺們都是老相遇」的話？唯一的解釋是世交又同屬內務府人。也只有如此，才能說「既是偺們的孩子」這種口氣。偺們即咱們，是北方人口語，用於交情很深及極親密的人，相當時下流行的「自己人」。曹家出身包衣，曹璽以內務府郎中銜首任江寧織造。曹寅以內務府廣儲司郎中兼佐領，出為蘇州織造，後專任江寧織造，其奏摺自稱：「江寧織造郎中臣曹寅謹奏。」❷賈府的人如屬內務府人員，則其子弟理應入宮當差，更何況只是蠲個名銜呢。

庚辰本第二十三回：

賈政問道：「襲人是何人？」王夫人道：「是個丫頭。」賈政道：「丫頭不管叫什麼罷了，是誰這樣刁鑽，起這樣的名子❸？……寶玉見瞞不過，只得起身回道：「因素日讀詩，曾記得古人有一句詩云：『花氣襲人知晝暖，』因這個丫頭姓花，便隨口起了這個。」……賈政道：「究竟也無碍，又何用改！」

❷見江寧織造曹寅奏押運賑米到淮情形摺，關於江寧織造曹家檔案史料頁九。

❸戚本、全抄本「子」作「字」，是。

襲人是個丫頭，相當男性的奴才。曹家出身包衣，即滿語「奴才」。潘先生石禪曾釋「襲人」為「龍衣人」，意為「龍紋包袱」❹。我雖不同意此說，但卻給了我一個啟示。我以為「襲人」便是製作皇帝衣服的人——織造。紅樓夢中的江南甄家的職銜是「總裁」，也就是「總理裁縫」的意思，而且「襲人」又兼具「包衣」的暗示。無怪賈政批評這取名字的人刁鑽；仔細一想事實何嘗不是如此呢，也就不叫更改了。

從這些現象來看，賈府和內務府的關係是可肯定的吧。

❹見潘重規先生紅樓夢新解及紅樓夢新辨。

一夜北風緊

——再談紅樓夢的「假」

拙著紅樓夢研究曾談到紅樓夢的假，也就是說這部小說中的虛構部分❶，這裡再舉一例，重申前說。

庚辰本第五十回，寫大觀園眾姝以及寶玉聯句詠即景，中有脂批誤入正文，且脫了一句，現引戚本原文：

話說薛寶釵道：「到底分個次序，讓我寫出來。」說著便令眾人拈鬮為次序。第一卻是李紈。鳳姐道：「既這樣說，我也說一句在上頭。」眾人都笑說：「更妙了。」寶釵便將稻香老農之上，補了個鳳字。李紈又將題目講與他聽。鳳姐想了半日，笑道：「你們可別笑話，我只有一句粗話，下剩的我就不知道了。」眾人都笑道：「越是粗話越好。」……鳳姐笑道：「我想下

❶見拙作紅樓夢裡的假，紅樓夢研究頁三七至四三。

雪必刮北風；昨晚聽見一夜的北風。我有了一句，就是『一夜北風緊。』可使得？」眾人聽了都相視笑道：「這句雖粗，不見底下的，這正是會作詩的起法，不但好，而且留了多少地步與後人。就是這句為首。」

紅樓夢書中明寫王熙鳳是個識字不多的人，記個帳也要彩明或請寶玉代筆；在此場合，避之惟恐不及。怎麼忽然有勇氣參加這種非才學老到不敢置喙的玩意？以迎春、惜春所讀的書比熙鳳多上不知幾倍，尚且不敢開口，何況她沒讀過書呢！再看她一聽到要做詩，不懂什麼是五言排律的即景聯句，便要「說一句在上頭」，而李紈的「將題目講與他聽」反在下文？我們再來看「一夜北風緊」這句詩，出口成章，的確起得很恰當，一點都不粗，平仄也很妥當。不懂詩的人能把「緊」字鍊出來嗎？她可能說「昨夜刮北風」，或「昨夜聽北風」；而居然知道用個仄聲字「緊」，讓下句好續，真真不可思議！此外如史湘雲和薛寶琴的不假思索地爭搶著聯，句工而意妥，這樣的捷才，是否為十三四歲的女孩子，在女紅之餘而辦得到呢？我以為這都要持紅樓夢安排詩謎的看法，是先寫好整首聯句，然後分排給她們或寶玉。試問香菱學詩不久，居然也有「匝地惜瓊瑤。有意榮枯艸，」的佳句，果真可信嗎？

從「虛花」與「虛話」談紅樓夢的校勘

坊本紅樓夢第五回：「枉凝眉：……若說有奇緣」，如何心事終「虛話」，……都是根據程乙本而來。以至戚本狄葆賢的眉批：「終虛花，今本作終虛話，是。」居然說「是」，認為作「虛花」是錯的，作「虛話」才對。這校語決定下得太快，太肯定了。而各脂本紅樓夢「虛話」便有不同的面貌。

己卯本同回（回目有異❶）作「虛化」。

庚辰本同回作「虛化」，回目與己卯本同。

全抄本同回作「虛化」，回目同己卯本。

戚本同回作「虛花」，回目作「靈石迷性難解仙機，警幻多情秘垂淫訓。」曲牌作「枉凝眸」❷。

甲戌本同回回目作「開生面夢演紅樓夢，立新場情傳幻境情。」曲牌作「枉凝眉」。「虛話」原作

❶ 己卯本第五回回目作「遊幻境指迷十二釵，飲仙醪曲演紅樓夢。」見頁四二上。

❷ 見戚本第一冊，頁一八五。

「虛花」，後人用粗筆濃墨添改作「虛話」❸。

胡適之氏在甲戌本當頁的書眉上有兩條朱筆校語，其一為：徐作「虛化」❹。

胡氏校語的上面，有墨筆「虛話」二字，即為將原文「虛花」改作「虛話」的人所寫。可能因添改的筆墨粗濃，與原文相疊而怕其他讀者看不清，所以改後又在眉上寫「虛話」二字以提醒讀者。改者必早於胡適之氏。筆跡不是原藏者劉銓福的，也不是劉氏的朋友青士、椿餘兄弟（濮文暹、文昶）寫的❺。從筆跡來比較，與第三回第二頁乙面眉批：「予聞之故老云，賈政指明珠……」一條同出一手。此批署「同治丙寅季冬月左綿痴道人記」。胡氏在跋文中指出，綿痴道人即孫桐生。那麼改「虛花」為「虛話」的是孫氏無疑；相信他是根據程乙本而改的。

里仁書局的革新版彩畫本紅樓夢校注，前八十回是以庚辰本排印，馮其庸等的校記，並沒有把這條異文校出。

我現在試就「虛化」、「虛花」、「虛話」三異文，到底何者是紅樓夢作者的原文，作一探討，或可補紅樓夢校注的未備。

❸ 見甲戌本卷五，頁五二乙面。

❹ 胡適之氏根據庚辰本而校。徐即徐郙，原為徐氏所藏，後歸北京大學圖書館。見胡氏甲戌本跋文及邢治平紅樓夢十講。

❺ 見甲戌本胡氏跋文。

我認為「虛花」是原文；「虛化」是抄錄者的錯誤；「虛話」是程偉元、高鶚改增時發生錯誤的理解所致。

很明顯，紅樓夢曲的第九支，各本的曲牌名皆是「虛花悟」，「虛花」的意義，也可從曲文中看出。

庚辰本「虛花悟」：

將那三春看破，
桃紅柳綠待如何；
把這韶華打滅，
覓❻那清❼淡天和。
說什麼天上夭桃盛，
雲中❽杏❾蕊多，

❻己卯本「覓」誤分為「不」「見」二字。
❼「清」，己卯本原作「情」，添改作「清」，疑亦為孫桐生所改。
❽「雲」，己卯本誤作「雪」。按杏花三月開放，作「雲」是。
❾己卯本、全抄本「杏」作「香」，形誤。

到頭來誰⑩把秋捱過？
則看那白楊村里人嗚咽，
　青⑪楓林下鬼吟哦⑫，
更兼著連天衷⑬草遮墳墓。
這的⑭是昨貧今富人勞碌，
　春榮秋謝花折磨。
似這般生關死劫誰能躲？
聞說道⑮西方寶樹喚⑯婆娑，
上⑰結著長生果。

⑩己卯本「誰」作「惟」，形誤。下有「見」字，甲戌本、戚本亦作「誰見」，則己卯本漏「見」字。
⑪「青」，全抄本作「春」，誤。
⑫「哦」，全抄本誤為「俄」。
⑬「衷」，各本皆作「衰」，是。庚辰本抄錄者因形似而誤。
⑭「的」，己卯本、全抄本作「就」；甲戌本、戚本、庚辰本皆作「的」，是。
⑮「聞說道」，己卯本作「聞道說」。
⑯「喚」，戚本無。
⑰「上」，戚本無。

這支曲是寫惜春看破紅塵，出家為尼。曲牌指惜春「悟」出一切的榮華都是短暫即消失的現象；無結果的，不落實的，所以說是「虛花」。如要有「結果」，而且是永恒的「果」，那只是皈依釋佛。

「虛花」一詞，不見於辭書，而出於託名宋陳摶（希夷）著的紫微斗數太微賦：

……生逢敗地，發也虛花……。

意謂如命宮坐落在敗地，即使發達或發財，也是短暫的，不久便落敗或散失。

所以，作「虛花」上下文的意義便一貫，可謂一氣呵成。如果作「虛化」，或「虛話」，解為「虛幻的變化」，或「空話」，解得通麼？林黛玉的心事，何曾啟過口？又能啟口麼？林黛玉早有這心事，只不過是沒有結果的念頭，像虛花一般，是無結果的。「心事」是事實，無所謂「虛幻的變化。」所以「虛化」講不通。「心事」不能夠實現，像花開了不能結果，便是「虛花」。

紅樓夢與岑參詩

紅樓夢中的情景，有些是脫胎於古典詩詞戲曲，這種取材或靈感的啟示，脂硯齋評語曾向讀者透露。

甲戌本第二十五回：

卻恨面前有一株海棠花遮著，看不真切。

雙行批：

余所謂此書之妙，皆從詩詞句中泛出者，皆係此等筆墨也。試問觀者，此非「隔花人遠天涯近。❶」乎？可知上幾個非余妄擬❷也。

---

❶ 俞平伯讀紅樓夢隨筆紅樓夢與其他古典文藝一文中指出：「隔花人遠天涯近」一句，出西廂「寺警」折。見香港中文大學新亞書院中文系出版之紅樓夢研究專刊第一輯，頁一〇九。

❷ 甲戌本卷二五，頁一乙面。

紅樓夢第六十二回，明寫香菱引岑參的詩（見前文）。現在再舉出三則，以見紅樓夢作者用岑參詩化入書中的情形。

甲戌本第一回：

媧皇氏只用了三萬六千五百塊，只單單的剩了一塊未用，便棄在此山青埂峰下。

脂硯齋眉批：

妙！自謂落墮情根，故無補天之用。❸

庚辰本第五十二回：

真真國的女孩子（金髮碧眼），纔十五歲，……作的好詩。……寶琴因念道：昨夜朱樓夢，今宵水國吟。島雲蒸大海，嵐氣接叢林。月本無今古，情緣有淺深。漢南春歷歷，焉得不關心。❹

❸同❷卷一，頁四甲面。

❹戚本「漢」作「滿」。原稿當為行草書，與「滿」字相似，抄者誤認作「滿」字。按：外國人作詩，見「熙朝定案」頁三：「後皇上見奏對已久，俞旨令回。至初四日鑾輿啟行，旋北出旱西門，汪、畢兩先生於天主堂門前設排香案，執香跪送，手捧黃袱函，載謝皇恩七言詩進呈。」見方豪先生從紅樓夢所記西洋物品考故事

「青」埂「峰」，「朱樓」夢，當脫胎於岑參的登嘉州凌雲寺作一詩的次句：

寺出飛鳥外，
青峰戴朱樓。❺

岑參另一首石上藤：

石上生孤藤，
弱蔓依石長。
不逢高枝引，
未得凌空上；
何處堪託身？
為君長萬丈。❻

的背景附之書影，載紅樓夢研究專刊第七輯，頁八五。惟不知洋神甫自作之謝恩七言詩，抑為華人代撰。

❺ 四部叢刊本岑嘉州詩卷之一。

❻ 同❺。

此詩似乎就是「木石前盟」❼的前身。甲戌本第一回：

只因西方靈河岸上，三生石畔，有絳珠草一株，時有赤瑕宮神瑛侍者，日以甘露灌溉。這絳珠草便得久延歲月，……遂得脫卻草胎木質，得換人形，僅修成箇女體。❽

藤實兼具草胎木質，而岑詩云其「依石」而生長，又是只一根，且孤弱，真像林黛玉的前身孤弱，依三生石灌溉而長。入世後的寄身賈府，孤病中幸得知音賈寶玉的照拂，心中早有「託身」的念頭，無奈只是藏在內心的深情而已，終不能實現「為君長萬丈。」的宿願。

甲戌本第二十七回：（葬花吟）

……
桃李明年能再發，明年閨中知有誰？
……
試看春殘花漸落，便是紅顏老死時，
一朝春盡紅顏老，花落人亡兩不知。

❼ 甲戌本卷五，頁一二甲面：紅樓夢曲第二支終身誤：「都道是金玉良姻，俺只念木石前盟。」

❽ 同❼卷一，頁九甲、乙面。

一粟試論黛玉葬花一文，曾指出：

> 有人說它模仿了明代中葉唐寅的事實和詩句，因為唐寅在他居住的桃花庵前種過不少牡丹，「有時大叫痛哭。至花落，遣一小伻一一細拾，盛以錦囊，葬於藥欄東畔，作落花詩送之。」（六如居士外集卷二）……照此推論，滿可以再上溯八、九百年，初唐的青年作家劉希夷有一首白頭吟，道：「洛陽城東桃李花，飛來飛去落誰家？洛陽女兒好顏色，坐見落花長嘆息。今年花落顏色改，明年花開復誰在？」……
>
> 例如著名的唐代詩人岑參的韋員外家花樹歌就有「今年花似去年好，去年人到今年老，始知人老不如花，可惜落花君莫掃。」戎葵花歌有「昨日一花開，今日一花開；今日花正好，昨日花已老，始知人老不如花，可惜落花君莫掃，」（後者作劉眘虛詩）……
>
> 見解或有暗合，內容更多深淺之分，可是曹雪芹卻未必盡取成作，一一而比較之，然後才構成他自己的藝術作品。❾

無論如何，總可以看出紅樓夢的作者，受到劉希夷、岑參，以及唐伯虎等人作品的影響，或寫作靈感受以上諸人作品的啟發，應該是無可爭議的。

---

❾ 一粟此文，收入蒲公英出版社散論紅樓夢，引文見此書頁二六三至二六五。

史湘雲接著笑道：到像林妹妹的模樣兒（儿）……明兒（儿）一早就走。在這裡作什麼，看人家的鼻子眼睛，什麼意思。……說給那些小性兒（儿）……

這是兒化韵的字沒有咬舌的情形。再看

庚辰本第三十一回：

史湘雲笑道：都是二嬸子叫穿的。……天地間都賦陰陽二氣所生。

庚辰本第三十七回：

湘雲看了一遍，又笑道：十個還不成幅，越性湊成十二個便全了，也如人家的字畫冊頁一樣，……這十二個題目，難道每人作十二首不成。

「二」字出現在「十」字下，更易咬舌，可是湘雲說得又快又清楚。照一般情形，另外音近的字也易咬舌。

庚辰本第五十回：

坳（坳）垤審夷險。

庚辰本第七十六回：

沿山坳里近水一個所在，就是凹晶館，……就叫作凹晶，造凸凹二字，歷來用的人最少。

蘆雪庵眾人聯吟，湘雲舌戰群英，聯句最多，速度之快，恐怕不易使人聽得清楚。中秋月夜與林黛玉在凹晶館聯吟，山坳里的「坳」字，也是容易和「二」字的情形一樣易咬舌。如果只咬「二」字，實在太特殊了。

我認為紅樓夢作者是故意突出史湘雲的筆法，這可以從脂硯齋的批語中找到理由，以支持管見。紅樓夢的作者寫大觀園群艷，幾乎都要加一些「缺陷美」。脂硯齋已指明「太真之肥」、「飛燕之瘦」，「西子之病」這明明是雙關，說出寶釵這般「仙姿」，黛玉這般「標緻」，都有肥、瘦、病的缺陷，所以美如湘雲，也總得「加」上些毛病，以湘雲身材的健美，只好在她愛說話的毛病上聯想，便加點「咬舌」，好與薛、林鼎足而已，使她以另外一種「嬌憨」出現吧。細按通部八十回文中，史湘雲的快人快語，詩才的敏捷，似乎以「咬舌」加於其身，並不是很和諧。這都是作者先有「病態美」的成見，然後纔施其「大法手眼」；其實美人臉上不必點痣，一樣能顯示其美。

從紅樓夢情節的差失看前八十回的作者

俞平伯先生曾指出：「紅樓夢有許多脫枝失節處，前人評書的亦多有說過的。如第十二回，林如海冬底染病，賈璉送黛玉南下。第十三回頭上說……秦氏之死在冬盡春初之交。但同回下半節秦氏的『五七』，昭兒回來說林如海是九月初三死的。並述賈璉要帶大毛衣，這無論如何是不能圓這謊的。……同年之中，冬底染病，秋末死了，這算怎麼一回事？」「賈璉冬底去，為什麼不帶大毛衣服？昭兒又為何來回去得如此之快？」❶

的確是無可反駁的差失。紅學者大多認為後四十回並非原稿，現在檢討起來，前八十回恐也不出於一手，否則前後不過二回，便齟齬如是，誰能相信是一個人寫的。我再就第十二回這段，提出管見如下：

庚辰本第十二回：

❶ 紅樓夢辨下卷，劄記十則。

誰知這年冬底，林如海的書信寄來，卻為身染重疾，寫書特來接林黛玉回去。……賈璉與林黛玉辭別了同人，帶領僕從，登舟往揚州去了。❷

脂硯齋在回後批：

此回忽遣黛玉去者，正為下回可兒之文也。若不❸遣去，只寫可兒、阿鳳等人，卻置黛玉於榮府，成何文哉？固（故）❹必遣去方好放筆寫秦，方不脫發。況黛玉乃書中正人，秦為陪客，豈因陪而失正耶，後大觀園方是寶玉、寶釵、黛玉等正緊文字，前皆係陪襯之文也。

這條批語實在不通，且不具於他本。試想，秦可卿為十二釵之一，不是正人是什麼？她僅在這幾回佔的篇幅多而已；如為了要專寫秦可卿，便把黛玉安排遠行，那麼批者承認的正人寶釵，豈不一樣也要避出賈府？所以不但正文的安排有問題，批語也有毛病，疑此批非脂硯齋所為。

甲戌本第十四回：

❷ 庚辰本上冊，聯亞出版社影印本，頁二三九。
❸ 同❷。「不」字欠明，據陳慶浩新編紅樓夢脂硯齋評語輯校頁一五七，定作「不」。
❹ 同❷，頁一五七補正。

> 蘇州去的人昭兒來了，……鳳姐便問：回來作什麼？昭兒道：二爺打發回來的。林姑老爺是九月初三巳時沒的。二爺帶了林姑老爺的靈到蘇州，大約趕年底就回來了。二爺打發小的來報個信，……叫把大毛衣服帶幾件去。❺

時間的差失，俞平伯先生已指出如上。其他的差失，是林如海病在揚州任上，賈璉帶黛玉是乘舟往揚州探侍，何以作者先直述「蘇州去的人昭兒來了」？鳳姐是從剛回來的昭兒口中，才知道林如海病故，賈璉與黛玉「送林姑老爺的靈到蘇州」按理，作者應述「揚州去的人昭兒（回）來了」才不失序。這是地點上的差失。

庚辰本第十九回：

> 寶玉只怕他睡出病，便哄他道：噯喲！你們揚州衙門里有一件大故事，你可知道？黛玉見他說的鄭重，且又正言厲色，只當是真事。因問：什麼事？寶玉見問，便忍著笑，順口謅道：揚州有座黛山，山上有個林子洞。黛玉笑道，就是扯謊，自來也沒聽見這山。寶玉道：天下山水多著呢，你那裡知道這些不成。等我說完了，你再批評。黛玉道：你且說。寶玉又謅：林子洞裡原來有群耗子精，那一年臘月初七日……小耗現形笑道，我說你們沒見識（世）面，只認得這

❺ 甲戌本卷一四，頁八甲面、乙面。

果子是「香玉」，卻不知鹽課林老爺的小姐，纔是真正的「香玉」呢。黛玉聽了……我就知道你是編我呢，……還說是故典呢。一語未了，只見寶釵走來，笑問：誰說故典呢？……原來是寶兄弟。怨不得他，他肚子裡的故典原多，只是可惜一件，凡該用故典之時，他偏就忘了。❻

從這段的情節看來，顯然此時林如海尚在揚州鹽政任上。然前面第十四回寫林如海歿於九月初三日，此回已是寫次年正月的事，相去已四個月多，如何能說「你們揚州衙門」「鹽課林老爺」？而且寫黛玉完全沒有孝服心情儀態，這是情節上的差失，或編排上的舛誤。

甲戌本第十六回：

鳳姐道：噯！往蘇杭走了一淌（趟）回來，也該見些世面了，還是這麼眼饞肚飽的！❼

鳳姐的心中、口中，根本就沒有賈璉本是去的揚州的影子。當時揚州的風月繁華，只有在蘇杭之上。書中不提先去的揚州，反而帶上未去的杭州，這都是不合實際的情節。

❻ 庚辰本上冊，頁三九九至四〇三。

按：此回回目上編次為第十七至十八回，「第十九回」筆跡異於正文，且在上頁，又無回目，即此時第十七、十八、十九三回尚未分。

❼ 甲戌本卷一六，頁六乙面。

庚辰本第三十七回：

這年（寶玉挨打，養傷怡紅院）賈政又點了學差，擇於八月二十日起身。是日，拜過宗祠及賈母起身諸事，寶玉諸子弟等送至灑淚亭。卻說賈政出門去後，……這日正無聊之際，只見翠墨進來，……寶玉聽說，便展開花箋看時，上面寫道：娣探謹奉二兄文几，前夕新霽，……未妨風露所欺，致獲採薪之患。昨蒙親勞撫囑，復又數遣侍兒問切，兼以鮮荔並真卿墨跡見賜。❽

同回：

寶玉打開看時，寫道是：不肖男芸恭請父親大人萬福金安……因忽見白海棠一種，不可多得，故變盡方法，只弄得兩盆。大人若視男是親男一般，便留下賞玩。因天氣暑熱，恐園中姑娘們不便，故不敢面見，……婆子道：還有兩盆花兒，……李紈道：方才我來時，看見他們抬進兩盆白海棠來，到是好花。❾

探春起詩社，已是八月二十日以後的事。探春患感冒，寶玉送「鮮荔」真是奇怪。荔枝是四月五月的水果，怎麼到八九月仍是「鮮」的？這是很明顯的錯舛。

❽ 庚辰本上冊，頁七七七至七七八。

❾ 同❽，頁七七九至七八五。

賈芸送白海棠，說「因天氣暑熱」，也乖時令。不管大觀園是在南京，在北京、或在蘇州，陰曆的八月下旬或九月，絕對沒有「暑熱」的天氣。何況探春信帖上說「前夕新霽」而致得了感冒，可見當時一段日子是秋涼的天氣。作者為了突出大觀園諸釵的文才，故以探春發起詩社，因海棠為社名，而便於吟詠的題材不跟當令的菊花重複，卻忽略了情節中某些圓鑿方枘的地方。

甲戌本第二回：

若問那赦公，也有二子，長名賈璉，今已二十來往了，親上作親，娶的就是政老爹夫人王氏之內姪女，今已娶了二年。❿

甲戌本第四回：

若此時賈璉二十歲，十八歲結婚，熙鳳至少十六歲，則小賈璉二歲，此時為十八歲。

只有薛蟠一子，還有一女，比薛蟠小兩歲，乳名寶釵。⓫

庚辰本第二十二回：

❿ 甲戌本卷二，頁一三甲面。

⓫ 同❿卷四，頁八乙面。

聽見薛大妹妹今年十五歲，雖不是整生日，也算得將笄之年，……正值他纔過第一個生辰。⓬

薛寶釵隨母兄上京是在去年，則當時十四歲，薛蟠十六歲；此時薛蟠十七歲。王熙鳳此時至少也有二十歲了。

甲戌本第二十八回：

鳳姐因在裡間屋裡看著人放棹子，聽如此說，便走來笑道：寶兄弟不是撒謊，到是有的。上月薛大哥親自和我尋珍珠，我問他作什麼，他說是配藥，……他說：妹妹，若沒散的，花兒也得掐下來，⓭

鳳姐反叫薛蟠大哥，薛蟠叫鳳姐妹妹。又是前後不符的情節。

從以上諸點看來，如果前八十回是由一個人所作，便不該有那麼多的差失矛盾；可是事實是如此，則唯一的解釋是前八十回也不出於一手。

⓬ 庚辰本上冊，頁四四八至四四九。

⓭ 甲戌本卷二八，頁五乙面。

風月寶鑑的來歷

紅樓夢第十二回：

那道士……取出一面鏡子來，兩面皆可照人。鏡把上面鏨著「風月寶鑑」四字，遞與賈瑞道：「這物出自太虛幻境，空靈殿上，警幻仙子所製，專治邪思妄動之病，有濟世保生之功。……千萬不可照正面，只照他的背面。……」（賈瑞）想畢，拿起風月寶鑑來，向反面一照，只見一個骷髏立在裡面招手叫他。❶

風月寶鑑極可能是從西京雜記轉化來的。

西京雜記：

---

❶ 庚辰本頁二二三六至二二三七。

戚姬以百鍊金為彄環，照見指骨。上惡之，以賜侍兒鳴玉、耀光等，各四枚。❷

宣帝被收繫郡邸獄，臂上猶帶史良娣合采婉轉絲繩，繫身毒國寶鏡一枚，大如八銖錢。舊傳此鏡見妖魅，得佩之者為天神所福。❸

鏡廣四尺，高五尺九寸，表裡有明。人直來照之，影則倒見；以手捫心而來，則見腸胃五臟，歷然無硋；人有疾病在內，則掩心而照之，則知病之所在。又女子有邪心，則膽張心動。❹

風月寶鑑的形狀，取自宣帝鏡，屬圓形而可懷可持。其兩面可照，同秦始皇鏡「表裡有明」。其「專治邪思妄動」，類秦鏡的「有邪心則(見)膽張心動」。其反面照見骷髏，同戚姬彄環「照見指骨」，及秦鏡「見腸胃五臟。」同今日的X光機。

紅樓夢的作者，將託名劉歆撰的這三則故事，冶於一爐，而鑄鍊成「風月寶鑑」，假託出自太虛幻境警幻仙子之手，作為人妄動邪心之鑑。

---

❷ 西京雜記頁一，商務印書館人人文庫影刻本。

❸ 同❷，頁二。

❹ 同❷，頁一二。

馮府飲酒情節的「假」

紅樓夢書中，真事被假的情節隱去，不易察覺；經脂批指出，才能知道。賈寶玉和薛蟠、蔣玉菡應邀在馮府和馮紫英、雲兒飲酒是假，在江寧織署的曹家西堂飲酒是真，只是參加的人除了脂硯齋外，一無所知。現在就其情節探討「假」的跡象。

紅樓夢第二十八回：

寶玉拿起海來，一氣飲盡，說道：如今要說悲、愁、喜、樂四字，都要說出女兒來，還要註明這四字的原故；說完了飲門杯，酒面要唱一個新鮮時樣的曲子，酒底要席上生風一樣東西，或古詩舊對、四書成語。……唱完，……寶玉飲了門杯，便拈起一片梨來說道：雨打梨花深閉門。……雲兒……唱畢，飲了門杯，說道：桃之夭夭。……蔣玉菡……唱畢，飲了門杯，笑道：這詩詞上我到有限，……說畢，便飲乾了酒，拿起一朵木樨來，念道：花氣襲人知晝暖。❶

❶ 甲戌本卷二八，頁一〇甲面至頁一四乙面。

第二十七回，寫正值四月二十六日交芒種節，餞花神，本回的時節仍是四月底。寶玉「拈起一片梨」就不對景，此時梨花落結果不久，何來「一片梨」？雲兒說「桃之夭夭」也不對景；應該席上有桃花或桃子才對，可是四月底那來的桃花或桃子？蔣玉菡「拿起一朵木樨」也奇怪。木樨就是桂花，八月時飄香；四月底的時節應無桂花。因桂花香，作者只顧暗示日後蔣玉菡和花襲人結為夫妻，所以如此安排，忘了時令景物的配合。

九臺靈芝與曹寅

紅樓夢第二十八回：

寶玉笑道：聽我說來。如此濫飲，易醉而無味。我先吃一大海，發一新令；有不遵者，連罰十大海，逐出席外，與人斟酒。

甲戌本夾批：

誰曾經過？嘆嘆！西堂故事。❶

庚辰本眉批：

---

❶ 甲戌本卷二八，頁一〇甲面。

大海飲酒、西堂產九臺靈芝日也。批書至此，寧不悲乎！壬午重陽日。❷

這兩條批，當不出自一人之手。前批者批出故事發生的真實地點，後批者則批出當日的時地景物。兩人都肯定飲酒的地點是「西堂」，而且身歷其境。而後批者比前批感受深切，似脂硯齋的批語。

周汝昌紅樓夢新證引八旗藝文編目：

曹寅字子清，一字幼清，一字楝亭，號荔軒，一號雪樵，自稱西堂掃花行者。❸

又引施瑮隋村先生遺集・病中雜賦：

……廿年樹倒西堂閉。自注：曹楝亭公時拈佛語對坐客云：「樹倒猢猻散。」……楝亭、西堂皆署中齋名。❹

曹寅與西堂有密切的關係，是很顯然的。則紅樓夢寶玉和馮紫英、薛蟠等飲酒的地點在馮紫英府第是假，在曹寅織造署西堂是真；飲酒的因素極可能是為了西堂產了九臺靈芝，值得慶賀。

---

❷ 庚辰本頁五九八。

❸ 紅樓夢新證頁四四。

❹ 同❸，頁五一七。

朱淡文紅樓夢研究・西堂和思仲軒——「友于兄弟」的象徵：

> 曹寅為表示對兄弟的友愛和思念，特將書齋名為「西堂」，自比謝靈運，將曹宣比作謝惠連，儼然是兄弟怡怡，手足情深。❺

曹寅自稱為「西堂掃花行者」，則未必是表示對其弟曹宣的思念，當不能與「思仲軒」混為一談。「西堂」可能是曹璽生前的燕居房，曹寅以之為號，蓋想起幼時侍父，在西堂掃花的情景，應是一種孝思。

紅樓夢第三十三回：

> （賈政打寶玉）賈政上前躬身陪笑道：「大暑熱天，母親有何生氣，親自走來；有話只該叫了兒子進去吩咐。」賈母聽說，便止住步，喘息一回，勵（厲）聲說道：「你原來是和我說話呢嗎？我到有話吩咐。只可憐我一生沒養個好兒子，卻教我和誰說去？」賈政聽這話不像，忙跪下，含淚說道「……母親這話，我做兒子的如何禁得起？」❻

由這段話，可見賈政非賈母的親生子。

---

❺ 朱淡文紅樓夢研究頁三五一。

❻ 庚辰本頁七〇六。

朱淡文紅樓夢研究・曹寅的生母應是顧氏：

顧景星棄世十四年之後，曹寅才寫舅氏顧赤方先生擁書圖記，公開稱顧景星為「舅氏」。此文後收入楝亭文鈔……顧昌（景星第三子）之子顧湛露更明言曹寅「前與徵君燕臺雅集，舅甥契誼。」……曹寅既非孫氏親生，舅家又為顧姓，則其生母為顧氏可知。❼

紅樓夢中的賈母，相當於曹璽妻孫氏而非寅生母。

上述情形，也符合曹寅妻李氏和過繼的兒子曹頫母子關係。但曹頫不像紅樓夢書中的賈政，因曹頫沒有兼外任。曹寅常兼鹽政，刻全唐詩等兼職，與書中的賈政常點學差，久在外任地點工作若合符節。所以說曹璽妻孫氏與曹寅，即書中的賈母與賈政。孫氏可能是曹寅的繼母。

唐詩紀事：

（丘）為，蘇州嘉興人。事繼母至孝，常有靈芝生堂下。累官太子右庶子，時年八十餘而母無恙。❽

脂批的「大海飲酒，西堂產九臺靈芝日也。」是曹寅孝順繼母的感應。而西堂原是曹璽的齋房，

---

❼ 朱淡文紅樓夢研究頁三三九至三四〇。

❽ 計有功唐詩紀事卷一七，頁二一四，商務印書館國學基本叢書本。

後來由曹寅的子侄作為齋房或書房；因此祥瑞，曹寅的子侄輩才大海飲酒。曹家抄沒後，受曹寅禮遇過的施瑮，所以有「廿年樹倒西堂閉」的感慨。從施瑮的詩中，可證曹家被抄沒後，並無「中興」的跡象，而是「樹倒猢猻散」的結局。

再論紅樓夢的作者

拙著紅樓夢研究，提出此書作者為脂硯齋與曹雪芹之說，今重申前說如下：

紅樓夢第一回：

媧皇氏只用了三萬六千五百塊，只單單的剩了一塊未用，便棄在此山青埂峰下。

脂旁批：

合週天之數。剩了這一塊，便生出這許多故事。使當日雖不以此補天，就去補地之坑陷，使地平坦，而不得有此一部鬼話。

脂眉批：

妙。自謂落墮情根，故無補天之用。❶

❶ 甲戌本卷一，頁四甲面。

從正文和脂批合看，紅樓夢的原作者是石頭，因自己太重情，而未出仕朝廷。天代表朝廷，媧皇氏即皇帝，三萬六千五百塊石皆補了天，脂批「合週天之數」，暗用周禮三百六十官的意思。此批將紅樓夢作者有曹頫在其中一說排斥了。因曹頫曾任織造官，脂批此書為「鬼話」，除了對自己的作品可如此調侃外，如是別人的作品，便不能如此用辭。所以石頭是原作者。

同回：

忽見一大石上字跡分明，編述歷歷。空空道人乃從頭一看，原來就是無材補天，幻形入世，蒙茫茫大士，渺渺真人攜入紅塵，歷盡離合悲歡，炎涼世態的一段故事。後面又有一首偈云：

無材可去補蒼天（脂旁批：書之本旨。）

枉入紅塵若許年（脂旁批：慚愧之言，嗚咽如聞。）

此係身前身後事

倩誰記去作奇傳

……空空道人……將這石頭記……抄錄回來問世。（脂旁批：八字（無材補天，幻形入世）便是作者一生慚恨。）❷

這顯示書原名是石頭記，寫的是「石頭」的故事。初稿成時，自題了一首偈，表示當時他已是僧

❷同❶，頁六甲面。

人，所以詩才用「偈」為名。石頭寫書時是在慚恨的心情下進行。

同回：

（空空道人）方從頭至尾抄錄回來，問世傳奇。因空見色，由色生情，傳情入色，自色悟空，遂易名為情僧，改「石頭記」為「情僧錄」。至吳玉峰題曰「紅樓夢」。東魯孔梅溪則題曰「風月寶鑑」。後因曹雪芹于悼紅軒中，披閱十載，增刪五次，纂成目錄，分出章回，則題曰「金陵十二釵」，並題一絕云：

滿紙荒唐言　一把辛酸淚

都云作者痴　誰解其中味（脂批：此是第一首標題詩。）

眉批：

雪芹舊有風月寶鑑之書，乃其弟棠村序也。今棠村已逝，余覩新懷舊，故仍因之。❸

前一首偈是原作者所作。此首詩稱「第一首標題詩」，明明白白說是曹雪芹所題（作）。曹雪芹的工作是補改增刪，纂回目，分章回。雖說用了十年，並不表示十年時間全投入刪改增添，分回定目上。否則書中不會出現姓名，年齡等那麼多的矛盾。甚至有些回仍未分出的現象。脂硯齋批此書時，曹雪

❸ 同❶，頁八。

芹補入的詩，已是書中正文的成分。

這條眉批，表示曹雪芹手中的原本石頭記，一名「風月寶鑑」。「乃其弟棠村序也。」「乃」是「為」，「序」是「署」的形、音之誤。即「風月寶鑑」這又名是棠村所題署的。到甲戌年，脂硯齋抄成新本，第二次評時，將舊本，也就是脂硯齋初評本上曹棠村所題署「風月寶鑑」那一頁折下，仍裝入新本；或仍保留棠村這一又名。所以說「仍因之」。保留這一題名，有懷舊之意。標題詩是對全部紅樓夢而言，這是正文中明說書中此標題詩是曹雪芹所作。空空道人即情僧，即石頭，也就是原作者。

同回：

因而口占五言一律，云：

未卜三生願　頻添一段愁
悶來時斂額　行去幾回頭
自顧風前影　誰堪月下儔
蟾光如有意　先上玉人樓

脂旁批：

這是第一首詩。……余謂雪芹撰此書，中亦為傳詩之意。❹

這條批語表示此詩是全部書中詩的第一首，則以後的詩，都是曹雪芹所作；書是他所撰。「亦為傳詩之意」，「為」是「有」的草書形誤，是抄手認錯了。筆者認為這條批可能不是脂硯齋本人的批，而是「諸公」之一的批。批者說曹雪芹所撰，情形略同漢書。

同書第二回：

詩云一局輸贏（贏）料不真　香銷茶盡尚逡巡
欲知目下興衰局　須問傍觀冷眼人

脂旁批：

只此一詩便妙極。此等才情，自是雪芹平生所長。余自謂評書，非關評詩也。❺

此批前一句與前條批似出自同一人，當是諸公之一所批。「此等才情」以下，是針對上句批者而批，似脂硯所批。

---

❹ 同❶，頁一三乙面至一四甲面。
❺ 同❶卷二，頁二甲面。

同書第三回：

說了這些不經之談。

脂旁批：

是作者自註。❻

同回：

棹上磊著書籍。

脂旁批：

傷心筆，墮淚筆。

又：

我有一個孽根禍胎。

❻同❶卷三，頁五乙面。

脂旁批：

　四字是血淚盈面，不得已無可奈何而下。四字是作者痛哭。❼

又：

　丫嬛進來笑道：寶玉來了。

脂旁批：

　余為一樂。❽

從上四條批語可知作者即書中主人公寶玉。

同回：

　摘下那玉就狠命摔下去。

脂前行旁批：

---

❼ 同❶卷三，頁一〇。此批應是二條批，批者非一人。

❽ 同❶卷三一，頁一二乙面。

試問石兄，此一捽比在青峰（埂）峰下蕭然坦臥何如？❾

按：此批為抄手誤提前一行，當在次行引文之右。

此批針對日後由「寶玉」回歸「石頭」而問。有當年富貴時（玉象徵貴）厭棄不知樂業，比現在貧困時（石象徵貧賤）蕭然坦臥潦倒如何？是石兄即寶玉之日後身分，即書之原作者。

同書第五回：

新填紅樓夢仙曲十二支。

脂旁批：

點題。蓋作者自云所歷不過紅樓一夢耳。❿

同回：

若非個中人，不知其中之妙。

---

❾同❶卷三，頁一五甲面。

❿同❶卷五，頁五甲面。

脂旁批：

三字要緊。不知誰是個中人。寶玉即個中人乎？然則石頭亦個中人乎？作者亦係個中人乎？觀者亦個中人乎。⓫

這兩條批，明白表示作者經歷過此「夢」，是書（個）中人。寶玉即石頭，即作者，即觀者。此觀者當是批者自己。

同回：

第一支紅樓夢引子：開闢鴻濛，誰為情種。

脂旁批：

非作者為誰。余又曰：亦非作者，乃石頭耳。⓬

此批指「情種」而言。批者之一批「非作者為誰？」實肯定「情種」是作者。下為另一批者所答。「耳」字下另有墨筆批語，為孫桐生所批：「石頭即作者耳。」深得脂批之意。

⓫ 同❶卷五，頁一一乙面。

⓬ 同❶卷五，頁一二甲面。

同回：

第十二支……宿孽總因情

脂旁批：

是作者具菩薩之心，秉刀斧之筆，撰成此書。一字不可更，一語不可少。⓭

同書第十三回：

三春去後諸芳盡，各自須尋各自門。

脂旁批：

此句令批書人哭死。⓮

此條批顯示批者即書中的寶玉，他喜聚不喜散，希望眾女兒都以眼淚葬他，然迎、探、惜三春走後，大觀園眾女散盡。批者批至此而淚下，必身是寶玉。

⓭ 同❶卷五，頁一五乙面。

⓮ 同❶卷一三，頁三甲面。

同書第二十二回：

然後便命鳳姐點。鳳姐亦知賈母喜熱鬧，更喜謔笑科諢，便點了一齣劉二當衣。

眉批：

鳳姐點戲，脂硯執筆事，今知者聊聊（寥寥）矣，不怨（悲）夫！

前批書者聊聊。今丁亥夏只剩朽物一枚，寧不痛乎！⓯

靖藏本眉批：

鳳姐點戲，脂硯執筆事，今知者聊聊矣，不怨夫！

靖藏本墨筆眉批：

前批知者聊聊。不數年，芹溪、脂硯，杏齋諸子皆相繼別去。今丁亥夏只剩朽物一枚，寧不痛殺！⓰

⓯ 庚辰本頁四五一至四五二。

⓰ 陳慶浩新編紅樓夢脂硯齋評語輯校頁二九九。

寶釵生日，和賈母等看戲的男子、除寶玉外，並無他人。可見「脂硯執筆」的「脂硯」是寶玉。因鳳姐識字不多，旁人唸戲單，寶玉執筆代點。

這兩條批，可能都是畸笏不同一年所批。次條靖藏本作「前批知者聊聊（寥寥）。」是對的。庚辰本作「前批書者聊聊」書字的草書近於知字的草書，抄手誤認為書字。從靖藏本知芹溪先死，次脂硯，次杏齋，都物故於丁亥夏以前。

同回回末批：

暫記寶釵製謎云：

朝罷誰攜兩袖烟　琴邊衾裡總無緣
曉籌不用人雞報　五夜無煩侍女添
焦首朝朝還暮暮　煎心日日復年年
光陰荏苒須當惜　風雨陰晴任變遷

此回未成而芹逝矣。嘆嘆！丁亥夏畸笏叟。⑰

此回寫榮府猜燈謎，有賈母、賈政、元春、迎春、探春，惜春，賈環的謎，缺少黛玉、寶釵、湘雲、賈蘭，甚至李紈的謎。所以說「此回未成」而曹雪芹已逝。眾女兒的謎是以詩的形式表現。可推

---

⑰同⑯，頁三一一。

知，釵、黛、湘、紈的謎必是詩，而寶釵詩尚未入正文，故云「暫記」。

綜合以上的現象可看出，當紅樓夢出現詩，批者毫不隱瞞是「雪芹」所作；凡追述故事的平常文句，批者便用「石頭」，「批書人」。因此推定，書中的詩是曹雪芹所補，文是石頭所記，是兩個不同的人合作紅樓夢。而石頭便是脂硯，是貧窮時的寶玉；寶玉是富貴時的石頭。此書是寶玉在貧困中追述前塵往事慚恨之作，而由曹雪芹增刪改寫而成。

甲戌本「凡例」的缺文異字

甲戌本獨有的「凡例」，及與他本共有的而納入「凡例」中的一段文字，有幾個缺文及異字，茲提出討論。

「凡例」下緊接的「紅樓夢旨義」：

> 是書題名極多□□紅樓夢是總其全部之名也。

「極」下原缺五個字，「多」「紅樓」三字為胡適先生所補❶。剩下兩個缺文，應是「題曰」或「名曰」二字❷。

「凡例」中最後一段文字：

---

❶ 甲戌本卷一，頁一甲面，潘石禪先生推測為胡適先生所寫。此推測已為毛子水先生證實（甲戌本重印跋）。

❷ 胡文彬、周雷關于紅樓夢抄本中的幾個問題作「一曰」（紅學叢譚頁一二七）。按：「一曰」不用於第一個異名出現時。

此書開卷第一回也，作者自云因曾歷過一番夢幻之後，故將真事隱去，而撰此石頭記一書也。故曰甄士隱夢幻識通靈。但書中所記何事？又因何而撰是書哉？……當此時則自欲將已往所賴，上賴天恩，下承祖德，錦衣紈袴之時，飫甘饜美之日，背父母教育之恩，負師兄規訓之德，已致今日一事無成，半生潦倒之罪，編述一記，以告普天下人，雖我之罪固不能免，然閨閣中本自歷有人……何為不用假語村言，敷演出一段故事來，以悅人之耳目哉？故曰風塵懷閨秀，乃是第一回題綱正義也。開卷即云風塵懷閨秀。則知作者本意，原為記述當日閨友閨情，並非怨世罵時之書矣。雖一時有涉于世態，然亦不得不敘者，但非其本旨耳，閱者切記之。❸

朱淡文女士紅樓夢論源：

甲戌本「凡例」第五條（按：即上引文）應是甲戌本第一回之回前總評。

又云：

故「此書開卷第一回也」之「書」字，必係衍文。❹

❸ 甲戌本卷一，頁二甲面至三甲面。

❹ 紅樓夢論源頁二八三、二八二。

筆者贊同此說。可能是甲戌本的過錄者，因看到「凡例」的第三、四條皆以「此書」開頭，便誤以此批語是「凡例」中的一條，依前文例，加上「書」字。

「故曰甄士隱夢幻識通靈」，其他本皆作「故曰甄士隱云云」。

「已往所賴，上賴天恩，下承祖德」，各本皆作「已往所賴天恩祖德」，庚辰本、列藏本「天」字挪抬，表示指皇上，與其他本異義，而與甲戌本加「上」「下」義同。此二本顯示其初持有人為官宦。

「飫甘饜美」各本「美」作「肥」。

「背父母教育之恩」。三家評本同。

庚辰本「母」作「兄」；戚本、全抄本、列藏本同。

「負師兄規訓之德」，庚辰本、戚本、全抄本、列藏本、三家評本「兄」皆作「友」；戚本、三家評本「規訓」同甲戌本；庚辰本、全抄本、列藏本作「規談」。

筆者認為三家評本作「背父母教育之恩，負師友規訓之德」是原稿初文。因作者以書中主角賈寶玉自況。寶玉之兄賈珠早死，不見其兄輩教育規訓之言。庚辰本第十七回至十八回：

> 那寶玉未入學之先，三四歲時，已得賈妃手引口傳，教授了幾本書，數千字在腹內了，其名分雖係姐弟，其情狀有如母子。❺

---

❺ 庚辰本頁三五一。

則元春亦姐亦師。友則只見寶釵、湘雲有規箴之文。「規談」「談」字含混，不如「訓」字切德字。

「一事無成」，列藏本同；庚辰本、戚本、全抄本、三家評本「事」作「技」。

「編述一記」，庚辰本、戚本、全抄本、列藏本、三家評本「記」作「集」。

「以告普天下人」，庚辰本、戚本、全抄本、列藏本、三家評本皆無「普」字。全抄本「人」字圈改為「知」，三家評本作「知」字。

「雖我之罪固不能免」，庚辰本、戚本、列藏本皆無「雖」字。

「我不肖」，庚辰本、戚本、全抄本、列藏本、三家評本皆作「我之不肖」。當有「之」字。

「其風晨月夕」，庚辰本、戚本、列藏本作「晨夕風露」；全抄本原同庚辰本，乙改作「晨風夕月」，三家評本作「況對著晨風夕月」。依上下文，甲戌本作「風晨月夕」較宜。

「亦未有傷于我之襟懷筆墨者」，庚辰本、戚本「傷」作「防」；全抄本、列藏本作「妨」；三家評本全句作「更覺潤人筆墨」。按作「妨」是，甲戌本抄者以為是「傷」的草書。

庚辰本、戚本、全抄本、列藏本有「雖我未學，下筆無文」八字，甲戌本無。三家評本作「我雖不學無文」。

「何為不用假語村言，敷演出一段故事來。」庚辰本、戚本、全抄本、列藏本、三家評本「何為不」作「又何妨」。三家評本無「一段故事」四字，戚本「假語」誤作「俚語」。此句下，庚辰本、戚本、全抄本、三家評本有「亦可使閨閣昭傳」一句，戚本、全抄本、列藏本「昭」作「照」；列藏本

「照傳」二字互倒。

「以悅人之耳目哉」，庚辰本、戚本、全抄本、列藏本作「復可悅世之目，破人愁悶，不亦宜乎？」三家評本作「復可破一時之悶，醒同人之目，不亦宜乎？」

「故曰風塵懷閨秀」，庚辰本、戚本、全抄本、列藏本、三家評本作「故曰賈雨村云云」。

甲戌本省去「賈雨村」三字，是此段文字重點在作者於潦倒中，念及當日出己之上的女子，而敷演此石頭記，以昭傳她們，故不全句標目。

「乃是第一回題綱正義也。」庚辰本、戚本、全抄本、列藏本、三家評本皆無此句。

庚辰本、全抄本「賈雨村云云」下，有「此回中凡用夢用幻等文，是提醒閱者眼目，亦是此書立意本旨。」三家評本作「更於篇中，間用夢幻等字，卻是此書本旨，兼寓提醒閱者之意。」顯然是從庚辰本或全抄本系轉化而成，甲戌本、列藏本、戚本皆無此二句。疑為脂硯齋四閱時的評語，被抄錄者誤入正文。

「題綱正義也」下，緊接「開卷即云『風塵懷閨秀』，則知作者本意，原為記述當日閨友閨情，並非怨世罵時之書矣。雖一時有涉于世態，然亦不得不敘者，但非其本旨耳，閱者切記之。」

這六十字，各本皆無，筆者認為也是另一條脂批，誤入前條批語，又一併脫離了第一回，變成「凡例」的最後一條的尾文。此下，殿以一首七律：

詩曰

浮生著甚苦奔忙　盛席華筵終散場
悲喜千般同幻渺　古今一夢盡荒唐
謾言紅袖啼痕重　更有情痴抱恨長
字字看來皆是血　十年辛苦不尋常

這首詩擺在「凡例」末，不合體例。應不是為紅樓夢訂立「凡例」者的手筆。胡適先生說是曹雪芹的自題詩❻。固然是有「後因曹雪芹于悼紅軒中，披閱十載」❼的旁證。筆者則認為是脂硯齋本人的詩。其中的「情痴」顯然是指書中的賈寶玉。脂硯齋常以寶玉自況，而曹雪芹根本沒有趕上「南巡」時，曹寅家這種盛席華筵的時代。解為紅樓夢初稿的作者，用了十年的時間才完成這部一百一十回的作品，也是有可能的。

❻ 甲戌本頁一。
❼ 同❻卷一，頁八甲面。

明義題紅樓夢詩淺見

題紅樓夢（曹子雪芹出所撰紅樓夢一部，備記風月繁華之盛。蓋其先人為江寧織府，其所謂大觀園者，即今隨園故址。惜其書未傳，世鮮知者，余見其鈔本焉。）

佳園結構類天成，快綠怡紅別樣名。長檻曲欄隨處有，春風秋月總關情。

怡紅院裡鬥嬌娥，娣娣姨姨笑語和。天氣不寒還不暖，曈曨日影入簾多。

瀟湘別院晚沉沉，聞道多情復病心。悄向花陰尋侍女，問他曾否淚沾襟。

追隨小蝶過牆來，忽見叢花無數開。儘力一頭還兩把，扇紈遺卻在蒼苔。

侍兒枉自費疑猜，淚未全收笑又開。三尺玉羅為手帕，無端擲去復拋來。

晚歸薄醉帽顏欹，錯認猧兒喚玉狸。忽向內房聞語笑，強來燈下一回嬉。

紅樓春夢好模糊，不記金釵正幅圖。往事風流真一瞬，題詩贏得靜工夫。

簾櫳悄悄控金鉤，不識多人何處遊。留得小紅獨坐在，笑教開鏡與梳頭。

紅羅繡纈束纖腰，一夜春眠魂夢嬌。曉起自驚還自笑，被他偷換綠雲綃。
入戶愁驚座上人，悄來階下慢逡巡。分明窗紙兩璫影，笑語紛絮聽不真。
可奈金殘玉正愁，淚痕無盡笑何由。忽然妙想傳奇語，博得多情一轉眸。
小葉荷羹玉手將，詒他無味要他嘗。碗邊誤落脣紅印，便覺新添異樣香。
拔取金釵當酒籌，大家今夜極綢繆。醉倚公子懷中睡，明日相看笑不休。
病容愈覺勝桃花，午汗潮回熱轉加。猶恐意中人看出，慰言今日較差些。
威儀棣棣若山河，還把風流奪綺羅。不似小家拘束態，笑時偏少默時多。
生小金閨性自嬌，可堪磨折幾多宵。芙蓉吹斷秋風狠，新誄空成何處招？
錦衣公子茁蘭芽，紅粉佳人未破瓜。少小不妨同室榻，夢魂多箇帳兒紗。
傷心一首葬花詞，似讖成真自不知。安得返魂香一縷，起卿沉痼續紅絲？
莫問金姻與玉緣，聚如春夢散如煙。石歸山下無靈氣，總使能言亦枉然。
饌玉炊金未幾春，王孫瘦損骨嶙峋。青娥紅粉歸何處？慚愧當年石季倫。❶

明義的自注，顯示他見到的書名是「紅樓夢」，是一個抄本。當時紅樓夢流傳不很廣，見到此書的人很少。這個抄本是全部，他看到了紅樓夢人物的結局。他說「蓋其先人為江寧織府；其所謂大觀

❶ 紅樓夢研究（紅樓夢卷）頁一二。錄自綠煙瑣窗集抄本。

園者，即今隨園故址。」便表示他並不認識曹雪芹。隨園不是大觀園故址，從袁枚的隨園記可知。明義用「蓋」充分表明不確定意；否則他如認識曹雪芹，便不致籠統地用「先人」表曹雪芹的父（？）祖，也不致疑將隨園認做是大觀園舊址。所以他和隨園自壽詩韻十首之一的自注又說：「新出紅樓夢一書，或指隨園故址。」仍是不確定的傳說。

袁枚隨園詩話（乾隆五十七年抄本，卷二）：「其子雪芹撰紅樓夢一部，備記風月繁華之盛。明我齋讀而羨之。」❷根本沒有說及紅樓故址事。

袁枚的隨園記作於乾隆十四年己巳三月。以月俸買下，可見園不大，當初的房舍也簡陋，三年後才用大量金錢大興土木。則隨園不是紅樓故址很明顯。因曹家被抄到乾隆十四年不過二十多年。袁枚買時寫的隨園記一字不提為紅樓故址；區區月俸買得下大觀園的宏偉精巧的建築嗎？大觀園是織造署的內園，公家的房地隋赫德敢賣？隋赫德或其繼任織造官，敢名織署為「隨園」？

明義的題紅詩，其中有幾首，淺見如後：

第四首或以為寫寶釵追蝶，過牆見花。第三句費解。末句遺扇。與現見脂本寶釵撲蝶略異。除了蝴蝶大小不同，扇子形式是否一樣也成為問題，地點景觀也不一。第三句如果是寶釵用力太過弄散了頭髮，再挽成兩把，則應該是一身大汗了，很怕熱的她會用力去追蝶撲揮到髮亂，這太不可思議了。

---

❷同❶頁一二至一三。道光四年刊本隨園詩話在「風月繁華之盛」下加入「中有所謂大觀園者，即余之隨園也」十四字，為後人妄加。

何況熱了，必會用扇子搧涼，不會遺卻在蒼苔上。筆者以為此首不是寫寶釵撲蝶，而是寫某女子因蝶見花，而採花插了一頭，雙手又各持了一把花，因此忘了扇子。

第六首寫寶玉醉歸，將小狗誤看成貓，聽到內室丫環們嬉笑，打起精神和她們玩一回，今本無此情節。

第七首表示明義看到紅樓夢的結局，嘆風流往事轉眼成空。末句費解，似指寶玉已作和尚，題詩誤了坐禪。

第八首寫麝月梳頭，與今本同。二十首皆不點明書中人名，「小紅」即丫環的同義字，不當林紅玉的名字解。

第十一首指寶玉和寶釵婚後家被抄，生活困苦。忽思及當日寶釵生日山門曲，而述往事，引起寶釵看他。

第十五首費猜，如指寶釵，則亦可施之元春、迎春、惜春。從第三句看，是出身非貴豪之家的碧玉，即是一般平民家女兒，而有大家風範。此女很可能是邢岫煙。

第十六首表面看似今本晴雯，但首句分明說此人是位貴豪千金小姐。似指黛玉，則黛玉死於秋天。

第十七首同今本，指寶玉、黛玉少小不到十六歲前，在賈母房同榻隔碧紗櫥為臥室事。

第二十首言抄家後寶玉淪落飢困之中，昔日侍女無一在身邊，而成為他人婦者，當指襲人而詠。

「寶釵后嫁雨村」及嬌杏的結局商榷

李子虔薄命冊的冊數人數應再研討一文中說：

> 至于嬌杏，在賈雨村爬上高位，要娶寶釵時，（雨村「聯句」下句「釵于奩內待時飛」，而時飛正是雨村的別號。故寶釵后嫁雨村，是較為可信的。）嬌杏只因為是丫環出身，結局不是被賈雨村休棄，就是被賈雨村害死。他的名字叫嬌杏，也象徵性的表現為僥倖于一時，豈能長久。❶

李君此段話有二點推論：一是寶釵後來嫁給賈雨村是「較為可信」。一是嬌杏被賈雨村休棄，或害死。而後者的原因建立在賈雨村娶薛寶釵上；也就是肯定嬌杏的被休或死，是因雨村娶寶釵，則又意味「寶釵后嫁雨村」是事實，不止「較為可信」。

對這一說，我不表贊同。我認為李君推論的證據薄弱，理由欠缺。十二釵的一生，應從紅樓夢曲，畫冊及判詩，前八十回全文和脂批，綜合推論才可靠。

---

❶ 紅樓夢學刊一九八九年第三輯，頁一一八。文化藝術出版社。按：「時飛」乃賈雨村之字非別號。

紅樓夢第五回：

寶玉看了仍不解，便又擲下，再去取正冊。只見頭一頁上便畫著兩株枯木，木上懸著一圍玉帶；又有一堆雪，雪下一股金釵。也有四句言詞，道是：

可嘆停機德　堪憐咏絮才
玉帶林中掛　金簪雪裡埋❷

首句下脂批：「此句薛。」次句下脂批：「此句林。」末句下脂批：「寓意深遠，皆非生其地之意。」❸

馮其庸等革新版紅樓夢校注：

停機德，指符合道德規範要求的一種婦德。東漢樂羊子遠出求學，中道而歸，其妻以停下織機，割斷經線為喻，勸其不要中斷學業，以期求取功名。見後漢書・列女傳。這裡指寶釵。❹

「停機德」確能鈎勒出寶釵勸導寶玉務正學，取科名的情節。此外，更重要的是暗示寶玉和寶釵

❷甲戌本卷五，頁七乙面。
❸同❷。
❹紅樓夢校注冊一，頁一〇〇。

的夫妻關係。「詠絮才」除了表示黛玉才高之外，也暗示出她是未嫁之身。世說新語・言語：「謝太傅寒雪日內集，與兒女講論文義，俄而雪驟，……兄女曰：未若柳絮因風起。」❺是道蘊未出閣的事情。末二句，「玉帶林中掛」的林是「兩株枯木」，除了表示林黛玉的姓名外，也表示黛玉已死，則「金簪雪裡埋」，除表示寶釵的姓名外，也表示寶釵早死，因雪是不久之物，再用「埋」字暗示寫紅樓夢時人已不在世了。所以脂批「皆生非其地。」

同回紅樓夢第二支終身悞（曲）：

> 都道是金玉良姻，俺只念木石前盟。空對著山中高士晶瑩雪，終不忘世外仙姝寂寞林。嘆人間美中不足今方信，縱然是齊眉舉案，到底意難平。❻

寶玉有「玉」，寶釵有「金」鎖。「金玉良姻」，「齊眉舉案」明白說出兩人的夫妻身分。

紅樓夢第七回：

> 後來還虧了一箇禿頭和尚……說我這是從胎裡帶來的一股熱毒，……就說了一箇海上方，又給了一包末藥作引，異香異氣的，他說發了時喫一丸就好。……要春天開的白牡丹花蕊……好容

---

❺ 楊勇校箋本世說新語頁一〇一。

❻ 甲戌本卷五，頁一二甲面。

易配成一料，如今從南帶至北，現就埋在梨花樹下……叫作冷香丸。❼

冷香丸的主要材料是花露霜雪，皆非長久之物。收藏在梨花樹下，隱「離」字；收藏方式是「埋」，暗示寶釵早死，即與寶玉成婚後，不久亦死去。想賈府被抄沒時，寶釵不住在梨香院，也已搬出大觀園，一時倉促忘了掘出藥丸，至病發無藥可治亦未可知。

紅樓夢第二十二回：

只見後面寫著七言律詩一首，卻是寶釵所作，隨念道：

朝罷誰攜兩袖煙　琴邊衾裡總無緣
曉籌不用雞人報　五夜無煩侍女添
焦首朝朝還暮暮　煎心日日復年年
光陰荏苒須當惜　風雨陰晴任變遷

賈政看完，心內自忖道，此物還到有限。只是小小之人，作此詩句，更覺不祥，皆非永遠福壽之輩。❽

---

❼ 同❻卷七，頁二甲面至頁三甲面。

❽ 有正本冊二，頁八一八至八一九。

按：庚辰本此謎尚未入正文，附於回末惜春海燈謎之後，云：「暫記寶釵製謎云：此回未成而芹逝矣！嘆嘆！

可證寶釵必不長壽，死因從「焦首」、「煎心」等詞看來，與「熱毒」是一致的。

紅樓夢第二十八回末脂批總評：

> 茜香羅、紅麝串，寫於一回，棋官雖係優人，後回與襲人供奉玉兄、寶卿，得同終始者，非泛泛之文也。❾

可見寶玉、寶釵夫妻後來因蔣玉菡、襲人夫婦供養，而「得同終始」，表示二寶並未離異，且同蔣氏夫婦生活在一起。

紅樓夢第一回：

> （雨村）復高吟一聯，云：
>
> 玉在匱中求善價
>
> 釵於奩內待時飛❿

「時飛」是賈雨村的字，這便是李君「寶釵后嫁雨村」唯一的論據。如果「釵於奩內待時飛」，表

丁亥夏畸笏叟。」則非脂硯齋批，各本謎後文皆非雪芹著。

---

❾甲戌本卷二八，頁二〇甲面。庚辰本，有正本皆在回前。

❿同❾卷一，頁一四甲面。

示寶釵嫁給雨村，則「玉在匵中求善價」也可解釋為黛玉嫁與賈雨村。如果說是寶釵與寶玉離異後嫁給雨村，則前句也可說黛玉是經過離異後嫁給寶玉。所以不論「後」是「後來」或「離異後」，都不成立。此聯脂硯齋夾批：

> 表過黛玉，則緊接上寶釵。前用二玉合傳，今（疑為後字之誤）用二寶合傳，自是書中正眼。⓫

明白批出這副聯語純是表示賈寶玉、林黛玉、薛寶釵三人的三角戀愛，是全書的主角。

薛寶釵為人貞靜自愛，膚白貌美；學博識廣，觀人於微。以她的條件，決不會嫁給「奸雄」賈雨村，何況雨村的兒子比寶釵小不了幾歲呢；薛母也不致如此蹧蹋女兒。所以「寶釵后嫁雨村」，應是「羌無故實」之談。

至於嬌杏是否被休而棄之，我也持否定的看法。嬌杏的扶正是母以子貴；且當初賈雨村未發跡時，認為嬌杏是具識「英雄」的慧眼，故後來娶她作妾；其正妻一死，不久扶正。賈雨村的為人與薛寶釵並不是一路的。寶釵希望寶玉走正途，從科場功業上去爭前程；賈雨村出身進士，但在宦海中，鑽營求進，貪贓枉法，與寶釵的潔身自愛南轅北轍。如果雨村要休嬌杏，何待娶寶釵；娶寶釵而不休嬌杏，寶釵其奈雨村何！

「玉在匵中求善價」蓋本於論語．子罕：

⓫ 同❾卷一，頁一四甲面。

子貢曰：有美玉於斯，韞諸匱而藏諸？求善賈而沽諸？子曰：沽之哉，沽之哉，我待賈者也。

「釵於奩內待時飛」蓋本於郭憲別國洞冥記：

元鼎元年，起招仙閣於甘泉宮，……其上懸浮金輕玉之磬。浮金者，色如金，自浮於水上；輕玉者，其質貞明而輕，有霞光，繡有藻龍，繡有連煙，……神女留玉釵以贈帝，帝以賜趙婕妤。至昭帝元鳳中，宮人猶見此釵。黃諃欲之，明日示之。既發匣，有白燕飛昇天。後宮人學作此釵，因名玉燕釵，言吉祥也。⑫

紅樓夢作者略用其意，取釵出匣而飛昇，用以象徵寶釵出閣；依脂批「今用二寶合傳」，則寶釵嫁與寶玉，是「釵待時飛」最可靠的推論。

至於嬌杏是否被賈雨村害死，紅樓夢書中毫無證佐可尋，完全是李君想像之詞。依常理，賈雨村誤以嬌杏識「英雄」於風塵之中，而娶嬌杏，以一丫環得嫁知府，可謂僥倖；待正妻死而將嬌杏扶正，因母以子貴，衡諸常理，無害死嬌杏的必要。

⑫ 古今逸史本卷二，頁一。

薛家當鋪

己卯本紅樓夢第五十七回：

岫煙道：叫作「恒舒典」，是鼓樓西大街的。寶釵笑道：這鬧在一家去了。❶

庚辰本同。有正本「恒舒典」作「舒恒當」❷，全抄本原作「恒舒當」，圈去「當」字❸。列藏本作「恒舒典」❹。馮其庸等校注本作「恒舒典」❺，從庚辰本。

由上可知，己卯本、庚辰本、全抄本、列藏本屬同一系統，有正本獨成一系統。到底薛家當鋪的

❶ 己卯本頁三五五上。
❷ 有正本頁二一八四。
❸ 全抄本第五十七回，頁六。「作」上加「什麼」。
❹ 列寧格勒藏本冊五，頁二四八四。中華書局影印。
❺ 革新版紅樓夢校注頁八九六。

招牌是「恒舒典」，還是「舒恒當」，茲探討如下：

恒舒有常開、久開的意思；舒恒義同恒舒。典當二字同義。從字面上看不出二者有何差異。從紅樓夢作者對書中人物的命名都有深意來看，我認為有正本作「舒恒當」可能是初稿的原名。

左傳・隱公十一年：「寡人若朝於薛，不敢與諸任齒。正義曰：世本・姓氏篇云：『任姓：謝、章、薛、舒、呂、祝、終、泉、畢、過。』言此十國皆任姓也。」❻薛、舒同任姓。世本中薛、舒連文，則「舒恒當」意即「薛恒當」，兼有姓薛的意義。

❻ 十三經注疏・春秋左傳正義頁一七三六，中華書局。

「間色法」解

紅樓夢的「金玉姻緣」，眾所共知指的是賈寶玉與薛寶釵結為夫妻，卻因張道士送給寶玉一隻金麒麟，與史湘雲所佩的合成一對，加上有「因麒麟伏白首雙星」的回目，便引起有些人認為寶玉後來和湘雲終成眷屬。這種解釋有待澄清。

紅樓夢第三十一回，回前脂硯齋批：

> 金玉姻緣已定，又寫一金麒麟，是間色法也。何顰兒為其所感（惑）。故顰兒謂情情。撕扇子作千金一笑，因麒麟伏白首雙星。❶

梁歸智先生的解釋是：「這是用『撕扇子作千金一笑』一事印證寶玉『博愛』的性格特點。而黛玉的『情情』則是『用情于有情之人』，是一種十分專一的愛。這後半批語實際上是分上下兩層意思，『也』字後是句號不是逗號。說得完整明確些，是寶玉和寶釵的金玉姻緣已寫定，現在又寫寶玉和湘

❶ 庚辰本頁六五六至六五七。

雲的麒麟姻緣，這是用的間色法。『間色法』是繪畫上的一種技法，在底色上再上一層顏色，這裡借用來說明玉釵的金玉姻緣和寶湘的麒麟姻緣交錯的寫作法。正是由於寶釵和湘雲的婚姻對象都是寶玉，『間色法』才比喻得十分恰當。如果是寶玉和寶釵的金玉姻緣與湘雲和衛若蘭的金麒麟姻緣相對照，那麼用『間色法』這個比喻就有點勉強，并不貼切。」❷

筆者不能苟同梁君的理解，且認為脂批用「間色法」不但一點不勉強，而且十分貼切。

此回回末脂批：

> 後數十回若蘭在射圃所佩之麒麟，正此麒麟也。提綱伏于此回中，所謂草蛇灰線在千里之外。❸

脂批清楚指出，他看到了「後數十回」衛若蘭射圃的情節。若蘭佩著的原是寶玉的那隻金麒麟，後來因那隻金麒麟結合了和史湘雲的姻緣，此金麒麟寫於第三十一回，只是「伏線」，主要情節是後來若蘭和湘雲結婚。筆者猜測寶玉的金麒麟落入若蘭手中，是寶玉隨賈珍等在寧國府習射，那批公侯世家子也應邀參加。寶玉和若蘭見面甚投合而贈予的，但這段文字可能迷失了。「伏白首雙星」不是指寶玉和湘雲成為夫妻。請參見本書湘雲的結局（見本書頁一〇九）。

紅樓夢第二十八回回目「蔣玉菡情贈茜香羅，薛寶釵羞籠紅麝串。」此回寫的是蔣玉菡和襲人，

---

❷ 石頭記探佚頁五二至五三，梁歸智著，山西教育出版社。

❸ 庚辰本頁六七七。

寶玉和寶釵這兩對姻緣的「伏線」。此回回前脂批：

茜香羅、紅麝串寫于一回，蓋琪官雖係優人，後回與襲人供奉玉兄、寶卿，得同終始者，非泛泛之文也。❹

茜是製紅色染料的草、與花同類，襲人姓花。琪官的羅巾繫於襲人之身，日後成為夫妻。紅麝串的串有連繫之意。此二物都隱含「紅線」——月老的意思。賈府抄家後子孫流散。而寶玉、寶釵夫妻為琪官夫婦供養的情節，伏線在這一回。

由於金麒麟的出現，脂硯怕人誤解，所以特別批出金麒麟和「金玉姻緣」無關。金麒麟只是另一對姻緣。寶玉和寶釵是書中的主角，二人的姻緣是正色；若蘭和湘雲的金麒麟結合，只是書中的重要配角，所以是間色。脂批用的是論語・陽貨：「子曰：惡紫之奪朱也。」的朱注：「朱，正色；紫，間色。」❺因間色近似正色，連黛玉那麼聰慧都懷疑寶玉將和湘雲可能會因金麒麟而結合，所以有「何顰兒為其所惑」的批。因顰兒太「情情」了。這也寫出黛玉的多心善感，同時也暗示客觀的讀者不要把湘雲拉入「金玉姻緣」中。

❹ 同❸，頁五八三。

❺ 論語卷九，四書集注本。

柳絮詞、放風箏探微

紅樓夢第七十回，開端便寫「裡面有該放的丫頭們，好求指配。」接著又寫「王子騰之女許與保寧侯之子為妻，擇於五月初十過門。」❶這兩段話實際都是為大觀園諸小姐分離作引子。而諸小姐的柳絮詞和放風箏，則隱著她們的或死或嫁的暗示。雖然八十回後的稿都迷失了，幸這回留下的「草蛇灰線」，尚可「追蹤攝跡」，看出她們賦別的大概。

此回首先是：

> 時值暮春之際，史湘雲無聊，因見柳花飄舞，便偶成一小令，調寄如夢令，其詞曰：豈是繡絨殘吐，捲起半簾香霧。纖手自拈來，空使鵑啼燕妒。且住，且住，莫使春光別去。❷

接著大家拈鬮，構思、完稿。眾人看作品的順序是：

---

❶ 庚辰本頁一五七七至一五八四。

❷ 同❶，頁一五八七。

探春聽說，忙寫了出來……只有半首南柯子，寫道是：空掛纖纖縷，徒垂絡絡絲，也難綰繫也難羈，一任東西南北各分離。……

寶玉見香沒了，情願認負，……乃提筆續，道是：落去君休惜，飛來我自知，鶯愁蝶倦晚芳時，縱是明春再見隔年期。……

看黛玉的唐多令：粉墮百花洲，香殘燕子樓，一團團逐對成毬。飄泊亦如人命薄，空繾綣，說風流。草木也知愁，韶華竟白頭，嘆今生誰拾誰收。嫁與東風春不管，憑你去，忍淹留。……

寶琴的是西江月：漢苑零星有限，隋堤點綴無窮，三春事業付東風，明月梅花一夢。幾處落紅庭院，誰家香雪簾櫳，江南江北一般同，偏是離人恨重。……

（寶釵）這一首臨江仙，道是：白玉堂前春解舞，東風捲得均勻。……蜂團蝶陣亂紛紛。幾曾隨逝水，豈必委芳塵。萬縷千絲終不改，任他隨聚隨分。韶華休笑本無根，好風頻借力，送我上青雲。❸

接著眾人在瀟湘館院門前的空地上放風箏。

寶琴笑道：「你這個不大好看，不如三姐姐的那一個軟翅子大鳳凰好。」寶釵笑道：「果然。」

❸同❶，頁一五八八至一五九一。西江月據有正「本事」下補「業」字。

因回頭向翠墨笑道：「你把你們的拿來也放放。」翠墨笑嘻嘻的果然也取去了。寶玉又興頭起來，也打發個小丫頭子家去，說：「把昨兒賴大娘送我的那個大魚取來。」小丫頭子去了半天，空手回來，笑道：「晴姑娘昨兒放走了。」……寶玉細看了一回，只見這美人做的十分精緻，心中歡喜，便命叫放起來。此時探春的也取了來。翠墨帶著幾個小丫頭子們在那邊山坡上已放了起來。寶琴也命人將自己的一個大紅蝙蝠也取來。寶釵也高興，也取了一個來，卻是一連七個大雁的，都放起來。獨有寶玉的美人放不起去。……寶玉一面使人拿去打頂線，一面又取一個來放。大家都仰面而看天上這幾個風箏都是在半空中去了。……紫鵑笑道：「這一回的勁大，姑娘來放罷。」代玉……將籰子一鬆，只聽一陣豁剌剌響，……「各人都有，你先請罷。」……紫鵑笑道：「……姑娘不放，等我放。」說著便向雪雁手中接過一把西洋小銀剪子……鉸斷，……那風箏飄飄颻颻只管往後退了去。……寶玉……于是也用剪子剪斷，照先放去。探春正要剪自己鳳凰，見天上也有一個鳳凰……漸逼近來，遂與這鳳凰絞在一處，……又見一個門扇大的玲瓏喜字帶響鞭，在半天如鐘鳴一般也逼近來……那喜字果然與這兩個鳳凰絞在一處。三下齊收亂頓，誰知線都斷了。那三個風箏飄飄颻颻都去了。……寶釵說：「且等我們放了去大家好散。」說著看他姐妹都放去了，大家方散。❹

❹ 同❶，頁一五九二至一五九六。

從柳絮詞看，湘雲「莫使春光別去。」最早出嫁，而且黛玉還在「鵑啼燕妒」。第二是探春晚春時節遠嫁，寶玉和賈環送她出閣（畫冊兩人放風箏）。第三是黛玉命薄夭逝（嫁與東風春不管）。第四是寶琴于歸梅翰林之子。最後是寶釵結婚。

從放風箏看，湘雲沒放風箏，只是一個旁觀者，暗示她眼看黛玉、探春、寶琴、寶釵的死別生離。晴雯先一天放走了寶玉的大魚，暗示她早黛玉等一年夭亡。

依放起風箏的順序是黛玉（紫鵑代）或探春（翠墨代），次是寶琴（丫頭代？）最後是寶釵（丫頭代）。

依放走風箏的順序是一為黛玉（紫鵑代），第二為探春，第三、四為寶釵、寶琴。

綜合放風箏看，寶琴、寶釵最後出閣。照寶釵的性格和看柳絮詞的順序，寶琴訂婚早，所以可以確定寶琴先寶釵出嫁，寶釵是放風箏現場諸小姐最後一個完婚。只有黛玉和探春離開榮國府的先後須討論。

紫鵑的風箏在瀟湘館前的平地上放，翠墨稍後去取，而已在山坡上放起，因山坡上風大較易，但仍不足以證明她先放起。所以大家放走風箏才可以象徵她們的「散了」。那麼黛玉是先探春出嫁而卒。

柳絮詞和放走風箏，只有黛玉和探春先後順序的一點差異，其餘三人都順序不變。筆者以為柳絮詞暗示眾人的離散，而放走風箏又加重了她們離散的順序時間。

輯三

地點微觀

五台山

庚辰本紅樓夢第二十二回：

正值他纔過第一個生辰，便自己蠲資二十兩，喚了鳳姐來，交與他置酒戲。鳳姐湊趣笑道：「一個老宗祖❶，給孩子們作生日，不拘怎樣，誰還敢爭？又辦什靠酒戲。……只是勒指我們。舉眼看看，誰不是兒女？難道將來只有寶兄弟頂了你老人家上五台山不成？那些悌己只留于他。」

啟功等先生紅樓夢校注：「出殯時，主喪的『孝子』在靈前領路，叫作『頂喪駕靈』。這裡的『頂』字，就是頂喪的意思。五台山是佛教的聖地，不敢直說到墓地，所以用到五台山成佛來比喻。」❷

啟功等先生此注大致不差，惟「頂」字解作「頂喪」的頂，仍有商榷的餘地。

我以為「頂」字應作「頂」東西在頭上的頂字解。一人送終，猶如用頭頂著柩；如果人多，便用

❶ 戚本、全抄本作「老祖宗」，據王熙鳳平日所稱皆作「老祖宗」；庚辰本誤倒。

❷ 見里仁書局彩畫本紅樓夢校注頁三七五。

抬或扛了。如是「領喪」，本來就是由主喪的孝子一人在前領路，便無須「只有」的口氣。順治之逝世，諱言上五台山當和尚去了。也許清初從此便流行以「上五台山」代替去世，這樣便有功德圓滿，成佛歸西天的語意。鳳姐說這話，是嫌賈母出資二十兩不夠，偏愛寶玉，說來取笑而已。

作者的意思，恐尚不止於此。我以為作者無意中把真實故事的地點——賈府在南京透露出來了，卻又設法掩隱它。

甘熙白下瑣言卷三：

金陵地勢北高而南卑，取黃土者皆在永慶寺、五台山一帶。城南土色皆黑，黃者絕少。

再看庚辰本紅樓夢同回：

賈母又命寶釵點。寶釵點了一齣魯智深醉鬧五台山❸。

作者為賈寶玉出家、鳳姐借當伏筆，借寶釵點戲，把讀者的思緒拘定在山西佛教勝地五台山，便達到了隱瞞真正地點在南京的作用，也不須改動當日鳳姐的話了。

---

❸ 全抄本戲目作「山門」，啟功等校注本亦作「山門」，而未校出各本之異同。戚本同庚辰本作「魯智深醉鬧五台山」，其底本應是都比全抄本的底本更早的本子的證據。

從探春判詩看紅樓夢的地點

紅樓夢第五回，賈寶玉夢遊太虛幻境，看到了金陵十二釵正冊，及副冊；冊上載著紅樓夢中主要和次要女性一生命運的簡要判詩和象徵畫。這些詩，只有甲戌本、有正本和甲辰本保存了脂硯齋評語，而甲戌本的脂評，在數量上遠較後二者為多，且對詩中隱微，作了某種程度的提示或解法，因此它的價值特高。它不僅提示了書中主要、次要女性一生的命運，也透露了八十回後她們的結局，讓我們得以判斷後四十回是不完全符合原作者的構想；同時也暗示出紅樓夢真實的地點。可是歷來的紅樓夢研究者皆習焉不察。茲從探春的判詩來探求紅樓夢的真實地點：

甲戌本第五回：

後面又畫著兩人放風箏，一片大海，一隻大船，船中有一女子掩面泣涕之狀，也有四句寫云：

才自精明志自高，

生於末世運偏消；（脂批：感嘆句。自寓。）

清明涕送江邊望，

千里東風一夢遙。（脂批：好句。）

這首判詩，脂硯齋沒有批明寫的誰❶。但我們可從探春攝家事一段推知是她的判詩。

庚辰本第五十五回：

平兒便笑著將方纔的原故細細說與她聽了。鳳姐兒笑道：好好好！好個三姑娘，我說她不錯，……將來不知那個沒造化的挑庶正悞了事呢；也不知那個有造化的不挑庶正的得了去。……到只剩了三姑娘一個，心里嘴里都也來的。

庚辰本第五十六回：

探春笑道：我又想起一件事來，若年終算賬歸錢時，自然歸到賬房，仍是上頭又添一層管主，還在他們手心里，又剝一層皮，……如今這園子裡是我的新創，竟別入他們手。

有正本此回末總評：

探春看得透，拏得定，說得出，辦得來，是有才幹者，故贈以「敏」字。

❶ 全抄本此判詩下，有行草「探春」二字，當非脂硯齋批語，而為藏此本的楊繼振手筆。

這是探春「才自精明」的表現，而「志自高」也在她管家時自己說出來了。

庚辰本第五十五回：

> 太太滿心疼我，因姨娘每每生事，幾次寒心。我但凡是個男人，可以出得去，我必早走了；立一番事業，那時自有我一番道理，偏我是個女孩兒家。

再看第五回紅樓夢十二支曲中的第五支分骨肉：

> 一帆風雨路三千　把骨肉家園齊來拋閃　恐哭損殘年　告爹娘休把兒懸念　自古窮通皆有定　離合豈無緣　從今分兩地　各自保平安　奴去也　莫牽連

甲戌本沒有評語，有正本的脂評是：

> 探卿聲口如聞。

這支曲的情景，和前面的判詩是一致的，可以肯定判詩是探春的寫照。這首判詩和曲，至少給我們有幾點提示：

1. 探春出嫁的時節和天候。
2. 探春出嫁時的交通工具。

3. 探春出嫁時的地點。

4. 探春夫家離娘家很遠。

「清明涕送江邊望」、「千里東風一夢遙」、「一帆風雨路三千」，說出了她出閣是在清明雨紛紛的時節，也就是暮春放風箏的季候。

庚辰本第七十回：

明日乃三月初二日，就起社。……次日乃是探春的壽日，……因此改至初五日。這日眾姐妹皆在房中侍早膳，……去了一日，掌燈方回。……至三月下旬，便將字又湊出許多。……一個大蝴蝶風箏掛在竹梢子上了。……把偺們的拿出來，偺們也放晦氣。

顯然，紅樓夢中放風箏確是在暮春。她坐著大船，從「江」邊出發，可見不是從當時的北京出發，嫁到那遙遠遙遠的地方，就像風箏脫了線一樣，對娘家恐怕是遠水難救近火了。探春的郎君，據庚辰本第六十三回說：

數到探春。（探春）笑道：「我還不知得個什麼呢？」伸手掣了一根出來，自己一瞧，便擲在地下，紅了臉，……上面是一枝杏花，那紅字寫著「瑤池仙品」四字，詩云：「日邊紅杏倚雲栽」，註云：「得此籤者，必得貴壻。」……我們家已有了個王妃，難道你也是王妃不成。大喜！大喜！

可見探春是大觀園中姐妹裡唯一「幸」運的一位。她的郎君僅次於元春的而已。

探春畫中的大海，可以作兩個推測。一是她乘船自江而入海，但中國的海在東、南方，若是這樣，便跟「千里東風一夢遙」之句不合。一是長江下游，為了要把船襯托得大，所以把背景的長江畫得浩渺如海。她去的方向應該是長江的上游，或是當時的北京亦有可能；如果出發地是南京，這兩種可能都符合。但「瑤池仙品」，如果「瑤池」僅代表「天上」「天潢」的話，那就是當時的北京；如果「瑤池」用的是王母的典❷，便是嫁到新疆、青海一帶西陲地方。那麼她要在湖北或四川換陸上交通工具，這對她的出發地點——南京來說，真是「千里東風一夢遙」，「一帆風雨路三千」了。同時根據「瑤池仙品」及「日邊紅杏倚雲栽」的籤，推測她的夫壻應是皇家的一位王子，而這時的王子正任職或逗留西陲。

周汝昌紅樓夢新證的第二章人物考，曾考出曹寅有兩個女兒，都嫁給王子。他說：

> 大姑　某，寅女，顒姐，適鑲紅旗平郡王納爾蘇。康熙四十五年八月初四日曹寅一折奏云：「今年正月太監梁九功……傳旨著臣妻於八月船上奉女北上❸，命臣由陸路九月間接敕印，再行啟

---

❷ 穆天子傳：「觴西王母於瑤池之上。」神仙傳：「崑崙閬風苑有玉樓十二層，左瑤池，右翠水。」

❸ 按當作「著臣妻於八月上船，奉女北上。」見關於江寧織造曹家檔案史料頁四二，江寧織造曹寅奏謝復點巡

奏，欽此欽遵。竊思王子婚禮，已蒙恩命尚之杰❹備辦無誤❺，筵宴之典，臣已堅辭。……」又同年十二月初五日折子❻云：「前月二十六日王子已經迎娶福金過門，上賴皇恩，諸事平順，並無缺誤。隨於本日重蒙賜宴，九族普治，寅❼身荷天庥，感淪心髓！……所有王子禮數隆重，庭幃恭和之事，理應奏聞，伏乞睿鑒。」至四十七年七月，知此「鑲紅旗王子已育世子。」

按曹顒於五十一年曹寅死後上折尚言：「奴才年當弱冠。」四十五年完婚之女必為曹顒之姐無疑。……

二姑　某，寅女，顒妹，適王子侍衛某。

康熙四十八年二月初八日曹寅一折❽奏道：「再梁九功傳旨，伏蒙聖諭諄切，臣欽此欽遵。臣愚以為皇上左右侍衛，朝夕出入，住家恐其稍遠。擬於東華門外置房移居臣壻，並置莊田奴僕，

---

❹「杰」原作「傑」。

❺原摺作「無悞（誤）筵宴之典」誤斷；周汝昌的斷句正確。筆者以為應作「已蒙恩命尚之傑備辦，無誤；筵宴之典，臣已堅辭。」則更妥當。

❻按即江寧織造曹寅奏王子迎娶情形摺，見關於江寧織造曹家檔案史料頁四四。

❼「寅」上原摺有「臣」字，周汝昌誤脫。

❽按即江寧織造曹寅奏為壻移居並報米價摺，見關於江寧織造曹家檔案史料頁六三。鹽並奉女北上及請假葬親摺。周汝昌誤倒作「船上」。

為永遠之計。臣有一子，今年即令上京當差，送女同往，則臣男女之事畢矣。」據此知道曹寅在四十八年又曾遣嫁最幼一女，所嫁的是一侍衛，也是皇帝著梁九功傳旨指婚派定的。這侍衛也是一個王子，因為永憲錄續編葉六十七說：「寅……二女皆為王妃。」可見為侍衛是此時當差，後來也襲了王爵❾。

我的看法，曹寅的大女兒便是紅樓夢書中元春的模特兒，不過把她的身分提升為皇妃以掩人耳目，隱藏真事；用她來代表康熙南巡，那麼南巡駐蹕江寧織造署公廨的排場，就可借元春省親而寫出來❿。曹寅的二女兒，相當於紅樓夢書中的探春，跟她抽的籤文是一致的。也許出嫁時她的夫婿尚年輕，任侍衛之職，後來襲了爵為王，紅樓夢上「瑤池仙品」及「必得貴壻」的話，都是根據這些而追述的。因此，探春判詩中的「清明涕送江邊望，」的「江」是長江，地點是南京，畫中船後的一片大海，只是單純象徵王府侯門深似海，從此一去渺渺茫茫，極難得歸寧娘家吧。判詩中的「瑤池」，便是指「天潢」了；將來兒子繼位，也切合「王母」的典。

胡適先生紅樓夢考證一文指出⓫：

---

❾ 周汝昌紅樓夢新證（上）頁九四至九七。

❿ 參見本書「借省親事寫南巡」探究一文頁一五二。

⓫ 胡適中國章回小說考證頁一七二。

又我的朋友顧頡剛在江南通志裡查出江寧織造的職官如下表：

康熙二年至二十三年	曹璽
康熙二十三年至三十一年	桑格
康熙三十一年至五十二年	曹寅
康熙五十二年至五十四年	曹顒
康熙五十四年至雍正六年	曹頫
雍正六年以後	隋赫德

曹家從曹璽到曹寅任江寧織造有四十多年之久，對曹寅的子孫來說，南京便是家鄉，所以紅樓夢第一回甄士隱解「好了歌」有「反認他鄉是故鄉」的話。脂硯齋在這句旁批曰：「太虛幻境青埂峰一並結住。」第五回紅樓夢曲第四支恨無常：「望家鄉路遠山遙。」(元春)，都能講得通，跟探春的「把骨肉家園齊來拋閃。」一致。如果大觀園在當時的北京，這些判詩、曲便矛盾而不可理解了。所以我的結論是大觀園在南京，也就是當時的江寧織造署衙門裡的花園，當日康熙南巡曾駐蹕的府園。

大觀園的南北是非

紅樓夢中大觀園的真實地點，紅學家們已爭議了幾十年，一直到目前仍然沒有獲得一致的意見。綜合他們的論證，大致可分為南北二派，而每派之中，又分數說。導致這問題的原因，是作者「故將真事隱去，」所引起。所以撰「紅樓夢凡例」的人，便明明白白告讀者：「書中凡寫長安，在文人筆墨之間則從古之稱，凡愚夫婦兒女子家常口角，則曰中京，是不欲著跡于方向也。蓋天子之邦，亦當以中為尊，特避其東南西北四字樣也。」（甲戌本凡例）雖然正文第一回：「然朝代年紀，地輿邦國，卻反失落無考。」這正是隱去真事的煙幕，所以甲戌本的脂批有：「據余說卻大有考證。」的話。現在略綜述各說及辨如後。

一、在南方說

1. 南京織造署說

敦誠、敦敏為清宗室，與曹雪芹有交往及詩文酬唱。從敦氏兄弟的詩中，可窺曹雪芹曾在南京度其幼年：

敦誠寄懷曹雪芹霑有句云：

揚州舊夢久已覺，

自注：雪芹曾隨其先祖寅織造之任。（四松堂集抄本詩集卷上，紅樓夢卷引）

又：贈曹雪芹有句云：

廢館頹樓夢舊家……步兵白眼向人斜。

按：揚州當係泛指江南一帶，曹寅任江寧織造，織署在南京，揚州是曹寅兼管鹽政的官署所在地。雪芹，字夢阮，故有「步兵白眼」之句。

敦敏芹圃曹君霑別來已一載餘矣。偶過明君琳養石軒，隔院聞高談聲，疑是曹君，急就相訪，驚喜意外，因呼酒話舊事，感成長句有句云：

秦淮舊夢人猶在

又贈芹圃：

秦淮風月憶繁華

按：熙朝雅頌集作「秦淮殘夢憶繁華」（紅樓夢卷引）甲戌本紅樓夢旨義：「是書題名極多□紅樓夢是總其全部之名也。又曰風月寶鑑，是戒妄動風月之情，」敦敏此詩「風月」「殘夢」之異易，與紅樓夢題名合，當非偶合吧。如是，則當以敦氏兄弟說為最早。

2. 隨園說

乾隆時，明義（號我齋）綠煙瑣窗集有題紅樓夢絕句二十首，是最先指出大觀園地點在南京的人。其題紅樓夢云：

> 曹子雪芹，出所撰紅樓夢一部，備記風月繁華之盛。蓋其先人為江寧織府，其所謂大觀園者，即今隨園故址。惜其書未傳，世鮮知者，余見其鈔本焉。

按：明義「備記風月繁華之盛」句，可持與敦氏兄弟（上所引）詩句合看，知敦詩與紅樓夢題名「風月寶鑑」，不是偶合。

到了袁枚的隨園詩話，便採入了上說：

> 康熙間，曹練（楝）亭為江寧織造，……其子雪芹撰紅樓夢一部，備記風月繁華之盛。明我齋

讀而羨之。（乾隆五十七年刊本）

其子雪芹撰紅樓夢一部，備記風月繁華之盛。中有所謂大觀園者，即余之隨園也。（道光四年刊本）

按：據敦誠詩，雪芹乃曹寅之孫。明義，袁子才皆以為子，當有誤。胡適、顧頡剛曾有指正的文章。

明義的和隨園自壽詩十首之一有句云：

隨園舊址即紅樓　註云：新出紅樓夢一書，或指隨園故址。

明義後來的話，顯然不肯定。所以顧頡剛氏辨說：

江南通志、江寧府志及上元縣志上查，都沒有說小倉山是曹家舊業。

袁枚所記曹家事，到處錯誤。大觀園不在南京，我日來又續得數證：(1)續同人集上，張堅贈袁枚一詩的序中原說：「白門有隨園，創自吳氏。」適之先生沒有引他的序，而只引他的「瞬息四十年，園林數主易。」一語。以為「數」即不止隋、袁兩家。現在既知尚有吳氏，則吳、隋、袁三家亦可稱「數」了。(2)袁枚隨園記作於乾隆十四年三月，……但十三年正是他修江寧府志的時候，……有了這園，豈有不入志之理？（俞平伯紅樓夢辨引）

顧氏的駁語很有見地。指出隨園並非曹家花園，也就不是紅樓夢中的大觀園。但他犯了點邏輯上的錯誤，因為隨園不是大觀園，並不等於大觀園不在南京。

對於這個問題，周汝昌也作了更徹底的澄清。他舉出了比顧氏早很多的人，已有所指陳（紅樓夢新證）。

周春閱紅樓夢隨筆，就是第一個聲言：「袁簡齋云『大觀園即余之隨園。』此老善於欺人，愚未敢深信。」

嘉、道間諸聯紅樓評夢說：「袁子才詩話，謂紀隨園事，言難徵信，無毫厘似處；不過珍愛倍至，而硬拉之。」

據弁山樵子紅樓夢發微的上卷中，有「隨園詩話之改竄」條，末有按語，大意略謂：袁枚所云大觀者，即余之隨園也二句，翻刻本及石印本均無之，乃袁枚後人袁翔甫刪去。其理由則以此二句為「吾祖讕言，故刪之。」

洪亮吉卷施閣詩卷八，有訪袁子才于隨園詩，自注云：「園本隋織造所構，因仍有其名。」

麟慶鴻雪因緣圖記：「小倉山，其麓有園，本隋尚衣創建，因姓命名。」此皆與袁枚自敘相合。

舒坤則說：「隨園之先，故屬吳姓，」此點尤可注意，因為他指明了，即使隋赫德之前，亦本屬吳姓之園，與曹家無關係。

江寧府志（嘉慶辛未本）卷之十二建置葉二十一：江寧織造署，舊在府城東北，督院署前，乾隆十六年以改建行宮，時藩司兼管織造，故無署。乾隆三十三年，織造舒，買淮清橋東北民房，改建織造衙署。

南巡名勝圖說云：江寧行宮，地居會城之中，向為織造廨署。乾隆十六年，皇上恭奉慈寧，巡行南服，大吏改建行殿數重，恭備臨幸，窗楹棟宇，丹雘不施，樹石一區，以供臨憩。西偏即舊池重濬，周以長廊，……

趙岡先生蓋本周氏語，作了結論（紅樓夢論集）：

現在新材料發現，證明了當年曹家的大觀園，雖在南京，但是並未被隋赫德接收，並轉賣給袁枚。這座大觀園在乾隆十六年，就被改建成常設的行宮。

我在這裡補充二點意見：

(1)隋赫德在從曹家手中接下織造署後，因知大觀園曾做過康熙帝南巡駐蹕之所，曹家曾斥鉅資，修建宏麗異等，所以車鑒不遠，不敢住進去，以免修繕開支太大，而另自吳氏購得小倉山園為私邸。

(2)對照紅樓夢賈府的街坊，可以看出合於南巡名勝圖說所載的多；一點不像隨園築在山坡，人煙稀少，景色荒涼之地。賈府處在鬧市的景觀，處處可見。如紅樓夢第三回：

且說黛玉自那日棄舟登岸，便有榮國府打發了轎子，並拉行李的車輛久侯（候）了。……進入城中，便從紗窗外瞧。其街市之繁華，人煙之阜盛，自與別處不同。又行了半日，忽見街北蹲著兩個大石獅子，三間獸頭大門。……（甲戌本）

沒有一點上山坡的描寫，和郊外風光的樣子；完全是平坦的街道，鬧市的景象。隨園不是大觀園，已不須要懷疑了。

3. 蘇州拙政園說

吳恩裕錄徐恭時著芹紅新語云（考稗小記）：

聞諸姑蘇故老相傳，曹寅、李煦先後任蘇州織造時，正值拙政園散為民居。該園曾一度歸曹寅，後為李煦家屬居住。當時園中除少數「主人」外，尚有「僕婦、丫環」甚眾，曹雪芹十歲前後，曾由南京隨其家屬數度去蘇州，住拙政園。裕案：然則，大觀園之藍圖，如其求諸恭王府，何如求之於蘇州名園城！

雪芹十三歲前，時往蘇州，住織造府或拙政園，……上引云云（按：指紅樓夢描寫姑蘇閶門），蓋其少年時有深刻印象之觀感，故於撰紅樓夢時，盛讚蘇州之繁華若是。

4. 蘇州留園說

臺北市新晨出版社印行的大哉中華畫冊的第一冊中，曾介紹了蘇州的拙政園及留園的圖片，其中有一段文字：留園——紅樓夢裡的大觀園說：

曹雪芹在「紅樓夢」這部小說中，以天才之筆塑造了許多典型人物，同時又具體而細緻的描寫了當時豪華第宅和典雅庭園的種種情景。……大觀園是否純出曹雪芹的臆想？不是的。大觀園是根據江南有名蘇州園林而寫成的。……建於明末的留園，就有「大觀園」的雅號。留園又名「寒碧山莊」，位於蘇州閶門外，原為私產。留園的中部以水為主，山石樓閣環繞，並有長廊和小橋互通；東部有精巧的建築物，如大型的廳堂，軒齋，建築物間列峰石，曲折多變；西部以山為主，山間楓林處處，亭榭參差；南面環以曲水，間植桃柳。從留園內北望，有涵碧山房、荷花廳、明瑟樓。向東望，則見五峰仙館及鴛鴦廳；在廳北邊，有冠雲沼水池；池的後邊立著冠雲、岫雲和朵雲三峰，是中國園林中名貴的天然雕刻品。往西望，可見一座土石相間的大假山，在這一帶，庭院深深，花影重重，有另一番景緻。

二、在北平說

大觀園在北平之說，發生和流行都很早，可溯到乾隆年間。其中又有數說。

1. 明珠府說

郎潛紀聞云（蔣瑞藻彙印小說考證引）：

嗣聞先師徐柳泉先生云：「小說紅樓夢一書，即記故相明珠家事。金釵十二，皆納蘭侍御所奉為上客者也。」

海漚閒話云：

紅樓夢一書，揣測者不知凡幾。嘗見賃廡牘筆一則，記紅樓，亦謂敘納蘭故事。皆實錄也。……稱此說得之袁爽秋太常，太常則得之鍾子勤者也。

關隴輿中偶憶編云（蔣瑞藻彙印小說考證引）：

曝書亭集有輓納蘭侍衛詩，世所傳賈寶玉者，即其人也。

按：郎潛紀聞為陳康祺著，同治辛未（西元一八七一年）進士。清史列傳云：袁昶，字爽秋，光緒進士，官至太常寺卿。鍾文烝、字子勤，道光舉人，治三禮及春秋，著穀梁補注。

舊京閑話云：

後門外什剎海，世傳為小說紅樓夢之大觀園。

燕市貞明錄云：

地安門外，鐘鼓樓西，有絕大之池沼，曰什剎海，……後海清醇王府在焉，前海垂楊夾道，錯落有致，或曰是石頭記之大觀園。

謝錫勛紅樓夢分詠絕句題詞云：

猶說荒園古大觀。原注：十汊海，或謂即大觀園遺址。

清稗類鈔云（紅樓夢新證引）：

京師後城之西北，有大觀園舊址。樹石池水，猶隱約可辨。

周冠華先生「大觀園就是自怡園」引周凱（乾隆四十年——道光十七年）內自訟齋文集云：

道光乙未六月二十有六日，龍溪李鳳岡先生過廈門見訪，年八十八矣，……先生曰：「儀周，姓安氏，名岐，朝鮮人。偶於書肆見抄本書，不可句讀，以數十錢購歸。細玩之，乃前人窖金地下，錄其數與藏處，皆隱語。儀周徧度京師，惟明國公屋宇房舍似之。」座客曰：「世所云大觀園者，非耶？」先生曰：「然！」

以上是明珠府說。周汝昌（紅樓夢新證）駁之曰：

> 以上……實際只是一個說法，不過有的只說「後城之西北，」有的便指什剎海，有的又指明為醇王府，或明珠故第（二者即是一處府邸）。……有好事者，便毫無道理的把「後城西北」和什剎海扯在一起。當然這是瞎說。……有人覺得什剎海是一大片水，占地甚廣，又不是私人園宅，根本講不通，于是便在此處尋一個府第、附會坐實之，……這便尋到了明珠故府，……這便是納蘭一說的根本起源。

2.皇宮說

醒吾叢談云（彙印小說考證引）：

> 觀賈政之父名代善，而代善實禮烈親王名，可以知其確非明珠矣。……林薛二人之爭寶玉，當是康熙末，允禩諸人敓（奪）嫡事。寶玉非人，寓言玉璽耳。

如這一說，則地點當在禁宮內苑。

王夢阮紅樓夢索隱云（紅樓夢研究引）：

> 蓋嘗聞之京師故老云，是書全為清世祖與董鄂妃而作，兼及當時諸名王奇女也。……至於董妃，

實以漢人冒滿姓，……人人皆知為秦淮名妓董小琬也。

此說已為胡適先生的紅樓夢考證引孟純蓀先生「董小宛」考所駁倒，這裡不贅。

3. 和珅府說

譚瀛室筆記云（彙印小說考證引）：

和珅秉政時，內寵甚多，自妻以下，內嬖如夫人者二十四人，即紅樓夢所指正副十二金釵是也。……按此見護梅氏有清佚史。……護梅氏獨以為和珅。言之鑿鑿，似頗有佐徵者。

4. 傅恒府說

蔣瑞藻云（彙印小說考證）：

予嘗見隨園詩話批本中一則云，乾隆五十五、六年間，見有抄本紅樓夢一書，或云指明珠家，或云指傅恒家。書中內有皇后，外有王妃，則指忠勇公家為是。此說鮮道及者，錄之以備異聞。

5. 塔氏園說

俞平伯紅樓夢的地點問題一文的注一說（紅樓夢辨）：

友人汪敬熙先生，曾聽他底父親說，紅樓夢中大觀園遺址，在北京西城，今為內務府塔氏之園。

革命以後，曾有人進去看過。汪君之父則聽一蘇君談說如此。

6. 恭王府說

趙岡先生云（紅樓夢論集）：

近年恭王府說流行。周汝昌氏斷定恭王府就是大觀園。他除了採取「父老傳言」外，還作了幾點考證。……吳柳先生還特地詳細遊覽恭王府一次，與大觀園的景色相比較，寫成京華何處大觀園之文。恭王府的殿宇是雪芹卒後廿年才出現的，而王府的後花園是雪芹卒後百餘年才興建的。

方豪先生歸納出這一說，可以溯到和珅府說。這個府邸的主人承轉次第是（從紅樓夢所記西洋物品考故事的背景）：

曹家——和珅府——慶王府——恭王府——輔仁大學——女院
　　　　　　　　　　　　　　　　　　　　　　└司鐸書院

趙岡先生的考證，對這一盛行海內外的一說非常不利。他說（紅樓夢論集）：

故宮博物院文獻館曾藏有一部京城全圖，……正本是繪於乾隆十四、五年，（一七四九或一七五〇）所以在雪芹開始寫紅樓夢的時候（一七五四脂硯齋已再評石頭記），恭王府的原址還是一片民房，他沒有機會以這座宅第做為文學背景來寫書。這部京城全圖，在同光年間又被重摹一次，變成一個二十七捲的副本。在重摹之時，若干後建的衙署府第便被添入，恭王府也是此時被加在圖上的。……即使根據這個同光間的京城全圖，恭王府只有殿宇而無後花園。

7. 自怡園說

周冠華先生是主張大觀園在北平一派的殿軍。他說（大觀園就是自怡園）：

自怡園是康熙時大學士加太子太傅明珠（一六三五——一七〇八）的別墅，在北平西直門外的西郊海甸（亦作海淀）近玉泉山。據查慎行人海集的記載，我們知道它經始於康熙二十年（一六八六）。原來早於自怡園已經建成的淥水亭及未命名的園花（容若詩詞中稱之為「郊園」或「西郊別墅」）也於這時候併入自怡園。……上列二十九個證據（略）的理由，證成大觀園就是自怡園。其中大部分是以當時人的著作，與紅樓夢互相印證。

三、結論

紅樓夢的作者故意混和了南北，引起了以上兩派的各執一端，可說皆「言之成理，持之有故。」於是，近年來折中之說也漸流行。方豪先生，趙岡先生和周汝昌氏意見接近。趙岡先生認為「江寧織署是大觀園的模型。」「雪芹常常借用北京朋友家中的景物。」他同意周汝昌「大觀園的『榆蔭堂』、以及『怡紅院』中的『蕉棠兩植』，都是借敦誠家中之景色；『稻香草堂』、『天香樓』一名，在雪芹朋友張宜泉的春柳堂詩稿中就曾二度出現，可見也是當時北京實有之地。」之說（周冠華引紅樓夢新探頁二〇三）。而方豪先生以為（從紅樓夢所記西洋物品考故事的背景）：

> 紅樓夢故事的時代問題，我大部分同意趙岡的看法。……主張是雍正六年（一七二八）以前的事。
>
> 至於地點問題，我已說過，既有甄賈（真假）二府，南京的曹府（織造署）和北京的曹府（後來的和珅府），都是曹雪芹構思中的藍圖。

是以故事在南京發生，小說在北平寫成。

附帶一提的，是空中樓閣說。

黃葆芳大觀園的佈置一文說：

根據虛構、在南、在北三個論點，我同意第一點的見解。

林以亮也附和此說，見六十三年三月幼獅文藝。

從薛蟠的綽號看紅樓夢的地點

甲戌本第四回：

這薛公子的混名，人稱「獃霸王」，最是天下第一個弄性尚氣的人，而且使錢如土。

甲戌本同回第八頁甲面脂硯齋眉批：

蓋寶釵一家不得細寫者，若另起頭緒，則文字死板，故仍只借雨村一人穿插出「阿獃」兄人命一事，……

甲戌本同回第九頁乙面：

薛蟠見英蓮生得不俗，

脂硯齋夾行批：

甲戌本第二回：因而乃祖母便先愛如珍寶。❷

甲戌本第十五回：水溶笑道：名不虛傳，果然如寶似玉。❸

庚辰本第三十七回：寶釵道：還得我送你個號罷。有最俗的一個號，卻於你最當。天下難得的是富貴，又難得的是閑散，這兩樣再不兼有。不想你兼有了，就叫你「富貴閑人」也罷了。

薛寶釵雖是拿賈寶玉來開玩笑，實際上恰是替「寶玉」這兩個字注腳。寶代表富，玉代表貴。以上三處，二明一暗，皆不相犯，這是紅樓夢作者寫作技巧極高明處。

「寶玉」之取義，更重要的一層含意，是它隱藏著紅樓夢大觀園的地點，即融合了唐詩宋詞而為用。岑參此詩的題目是「送楊瑗尉南海。」南海地屬廣東，「此鄉」原指嶺南而言。

解盦居士石頭記臆說：

韓蘄王南鄉子詞曰：「人有幾多般，富貴榮華總是閒。自古英雄都是夢，為官，寶玉妻兒宿業纏。」作者自名寶玉，其亦取義於此乎！❹

---

❷甲戌本卷二，頁八乙面。

❸同❷卷一五，頁二甲面。

❹紅樓夢卷頁一八四至一八五。

值得注意的是岑參詩「此鄉多寶玉」，紅樓夢作者明示賈寶玉、甄寶玉之取名，照應著岑詩句中之「多」字，而且更暗示二人生活的地點。賈寶玉表面是在長安都中，實際就是在金陵的甄寶玉。此外，也用了韓世忠詞牌及詞意兼義。韓世忠晚年失意，跨驢西湖❺，使他參悟「寶玉」妻兒「宿業」纏。意識上與甄士隱的好了歌「古今將相在何方?荒塚一堆草沒了。」相類。詞牌是南鄉子，「南鄉」猶「南邊」，清北人泛指江南一帶及其以南包括廣東等地而言。如此的系聯，岑詩「此鄉」，韓詞「南鄉」，都為紅樓夢作者用來暗示著大觀園的地點是在南邊；再從甄寶玉生長及生活的地點在南京而言，大觀園在南京又可得到一旁證的。

❺ 宋史卷三六四韓世忠傳：「（建炎十一年）十月，罷為醴泉觀使，奉朝請，進封福國公，節鉞如故。自此杜門謝客，絕口不言兵；時跨驢攜酒，從一二奚童，縱游西湖以自樂。」真是「富貴閑人」的形象，只是心境上賈寶玉與之不同。

按：全宋詞韓世忠南鄉子，「多」作「何」，「兒」作「男」。

「芳園應賜大觀名」與康熙南巡

紅樓夢書中的大觀園，是賈府為了貴妃賈元春歸省憩息遊幸而建。中有正殿樓閣，館院臺榭，山水亭橋，花木禽獸之美。其中的匾額，多為賈寶玉所撰，或經賈妃略為改易；重要的地方，則出自賈妃親題。

庚辰本第十七至十八回❶：

賈妃乃問：此殿何無匾額？隨侍太監跪啟曰：此係正殿，外臣未敢擅擬。賈妃點頭不語。……

元妃乃命傳筆硯伺候。親搦湘管，擇其幾處最喜者賜名。按其書云

顧恩思義（脂批：匾額）

天地啟宏慈，赤子蒼頭同感戴；

❶ 庚辰本上冊，頁三五七至三五八。

古人垂曠典，九州萬國被恩榮。（「人」，戚本，全抄本皆作「今」。校注本從「今」，是。）

（脂批：此一匾一聯，書於正殿）

大觀園（脂批：園之名）

……

正樓曰「大觀樓」。……於是先題一絕云：

啣山抱水建來精，多少工夫始築成；

天上人間諸景備，芳園應錫大觀名。

拙作「借省親事寫南巡」探究一文❷，根據甲戌本第十六回回前的一條總批：「借省親寫南巡，出脫心中多少憶惜（昔）感今。」推論即康熙帝南巡，有四次皆以江寧織造府為行宮，府中的西花園即書中的大觀園。現再從書中賈妃所題「大觀園」名，來與康熙南巡作一比對。

乾隆二年修纂的江南通志記載：

國朝康熙二十三年，聖祖南巡，幸雞鳴山，登北極，御書「曠觀」二字。❸

---

❷ 見本書頁一五二。

❸ 江南通志卷一一，輿地志·山川。

又南巡筆記：

登觀星臺，望後湖，題「曠觀」二字。❹

左傳昭公元年，「居於曠林，不相能也。」楊伯峻注：「賈逵以為：曠，大也。」❺則「曠觀」就是「大觀」。

江南通志又載：

大壯觀山，在（江寧）府北十八里，東接鍾山，南臨玄武湖，陳立大壯觀於此。❻

南巡筆記是康熙帝自己的筆記。他當然眺望得見大壯觀山。也知道大壯觀山的名稱來歷。江寧府（南京）的觀星臺，在上元縣，鄰近江寧織造署的後面，即在織造署的北方，登其上可望見的後湖就是玄武湖。大壯觀山在玄武湖北，因南朝陳建有「大壯觀」而得名。爾雅・釋詁：「壯，大也。」可見壯觀就是大觀，康熙帝為了避免雷同，所以換了一個字，以「曠觀」二字題觀星臺。這是康熙二十三年首次南巡的事。「康熙二十八年，曹寅時任內務府郎中，是年春二月，康熙帝南巡至

❹同❸，首卷二之二。

❺楊伯峻春秋左傳注下冊，頁一二一七。

❻江南通志卷一一，輿地志・山川。

於上元，以吉祥街織造署為行宮。當時桑格代理江寧織造。」❼康熙三十八年，四月初十日，南巡，以織造署為行宮，曹寅在織造任上接駕❽。紅樓夢修建大觀園可能以這一次為題材，紅樓夢作者為了記這件盛事，用元春代表玄燁❾，為江寧織造署花園題「大觀園」，即就近挪用「觀星臺」的「曠觀」御筆，而易「曠」為「大」，意義並無不同，而賈妃對聯「宏」正對「曠」，皆暗示「大」字。

❼周汝昌紅樓夢新證上冊，頁三二〇至三二二。

❽同❼，頁三九七至三九九。

❾參見本書元春命名探微，見本書頁一九。

紅豆曲詞與榮國府的地點

紅樓夢第二十八回：

寶玉唱道：滴不盡相思淚拋紅豆，開不完春柳春花滿畫樓，睡不穩紗窗風雨黃昏後，忘不了新愁與舊愁。嚥不下玉粒金蓴噎滿喉，照不見菱花鏡裡形容瘦。展不開的眉頭，捱不明的更漏。呀恰便是遮不住的青山隱隱，流不住的綠水悠悠。❶

甲戌本「相思淚」，各本皆作「相思血淚」。下文有「紅豆」，則必然是「血淚」，不加「血」字是避免重複。如為十字句，則宜有紅字。

「金蓴」，甲戌、蒙府、戚序，戚寧，列藏本同。夢稿本（全抄本）作金薄，舒序本作金團，甲辰本作金波，程甲本同❷。

❶ 甲戌本卷二八，頁一一。

❷ 脂硯齋重評石頭記彙校頁一四八八。

甲戌本「照不見」，庚辰本作「照見」，夢稿、蒙府、戚序、戚寧、舒序、列藏本同甲戌本；甲辰、程甲本作「照不盡」❸。

按：作「照不見菱花鏡裡形容瘦。」是不通的。這支曲寫林黛玉平日的情景，天天梳粧時見鏡裡形容瘦得風吹欲倒，不可能照不見。夢稿本旁改「見」為「盡」是正確的，二字草書相似，抄書人誤抄成「見」。庚辰本作「照見」是通的，但全曲各句皆否定句，因此認為作「照不盡」是作者的原文。

作「金蓴」是對的；「金薄」、「金團」底本當是「金蓴」。甲辰本和程甲本改作「金波」是北方人如高鶚等人所改。

> 本草綱目：「時珍曰：蓴，字本作蒓。」又：「保昇曰：蓴葉似凫葵，浮在水上，采莖堪啖。花黃白色，子紫色。三月至八月，莖細如釵股，黃赤色，短長隨水深淺，名為絲蓴，味甜體軟。」又：「時珍曰：蓴生南方湖澤中，惟吳越人善食之，葉如荇菜而差圓，形似馬蹄，其莖紫色，大如筋，柔滑可羹。夏月開黃花。」❹

蓴菜的莖可食，色黃赤或紫，所以用「金」字形容它。蓴菜產在江南一帶，是吳、越（江浙）人喜食的水菜，合乎林黛玉的口味。黛玉因相思，而飯美菜佳都嚥不下，而停留在口，下句「形容瘦」

---

❸ 同❷。

❹ 本草綱目頁七九四。

便有了張本。

金波是酒，用不上「嚥」字；也不至於噎滿喉。林黛玉不喜飲酒。改為金波不合紅樓夢的文意。

金尊不產於北方，而是江南一帶的產物，可以證明書中榮國府的地點是在江南。

「辣子」與榮國府的地點

紅樓夢作者，將賈家榮國府，設在「神京」、「京中」、「長安」，以便隱去真事。但仍有很多蛛絲馬跡，透露出真實地點。「辣子」一詞便現示其地為南京。

紅樓夢第三回：

賈母笑道：「你不認得他，他是我們這裡有名的一個潑皮破落戶兒，南京俗謂作『辣子』。你只叫他鳳辣子就是。」❶

章炳麟新方言・釋言：

說文：刺，厲也。𣥖，足刺𣥖也。讀若撥。江甯謂人性很戾者為「辣子」；通言曰𣥖刺貨。𣥖

---

❶ 甲戌本卷三，頁六甲面。

按：程乙本頁五七作：「他是我們這裡有名的一個潑辣貨，南京所謂辣子，你只叫他鳳辣子就是了。」

讀如撥。❷

可見「辣子」（剌子）是南京的方言。紅樓夢書中的「金陵省」、「南省」，指的就是南京。

茲析論賈母此言所透露出真實地點是南京的理由：

1. 林黛玉本籍蘇州，從其父任所揚州往依住在神京的外祖母，則黛玉操蘇州或揚州話。如果「神京」是北京，黛玉不從南京來，則賈母此言毫無意義。

2. 表示賈母原非南省人，而現住南省，且時間頗久，懂得南省方言，口中則仍操北方有兒化韻的語言。「破落戶兒」普通話是「潑辣貨」。

3. 黛玉初見賈母的地點，只有唯一的是在「南省」，也就是榮國府的真實地點是在江寧，賈母等人稱王熙鳳為「辣子」才有意義。

因這條證據，可證明大觀園的地點是在南京。

❷ 新方言卷三，頁二七。

從「葫蘆廟」、「鼓樓」看榮國府的地點

紅樓夢中的榮國府，筆者一向贊同在南京說，現再舉證補明。

甲戌本第二回：

因欲遊覽六朝遺跡，那日進了石頭城，從他老宅門前經過，街東是寧國府，街西是榮國府。❶

甲戌本第一回：

不想這日三月十五，葫蘆廟中炸供，那些和尚不加小心，致使油鍋火逸，便燒著窗紙。此方人家多用竹籬木壁（壁）者多，大抵也因劫數，于是接二連三，牽五掛四，將一條街燒得火燄山一般。……只可憐甄家在隔壁（壁），早已燒成一片瓦礫場了。❷

---

❶甲戌本脂硯齋重評石頭記卷二，頁六乙面。

❷同❶卷一，頁一六。

脂硯齋夾批：

土俗人風。

眉批：

寫出南直召禍之實病。❸

甄家就是賈府的實地，真正的賈氏榮國府是在石頭城，也就是書中的金陵城。

甲戌本第二回：

不用遠說，只金陵城內欽差金陵省體仁院總裁甄家，你可知麼？子興道：誰人不知，這甄府和賈府就是老親，又係世交，兩家來往極其親熱的。❹

脂硯齋眉批：

又一個真正之家，特與假家遙對，故寫假則知真。❺

❸同❶卷一，頁一六。
❹同❶，頁一〇乙面。
❺同❶，頁一〇乙面。

可見神京的賈府是假象，甄士隱家與金陵城內欽差金陵省體仁院總裁甄家，都是南京老宅榮國府的化身。

甄士隱家失火只是隱著真事的假象，實病召禍才是發生在南直隸的真事。脂硯夾批，指出當地的民房建築材料，是以竹為籬，以木為壁的民房，和江南民間建築的通象一致，和北方有「炕」的磚石主體建築迥異。眉批明白指出火災（召禍，禍，火音近。）地點是在南直。

讀史方輿紀要：

> 是時（嘉靖）阪圖為直隸二，承宣布政使司十三，京師。亦曰北直隸。……南京，亦曰南直隸。❻

可見脂批的「南直」即沿明之舊稱南京的名稱，而省略隸字。「真正之家」的「實病」，就是曹寅父子織造署的真事。曹頫織造任內被抄家，小說中以「燒」代同韻的「抄」。失火原因是「炸供」。炸供是以油炸祭祀的供品，實際上是曹家因供康熙南巡的虧空所致。「供」「空」疊韻，故以「炸供」代「虧空」。

雍正四年十一月二十九日內務府奏三處織造送來賠補綢緞已收訖摺：

> ……自雍正元年以來，……（杭州、蘇州）江寧所織之上用緞二十八疋，官緞三十疋，皆甚粗

❻ 顧祖禹讀史方輿紀要卷九，頁四二二至四二三。

糙輕薄，而比早年織造進者已大為不如。……當經臣衙門將織造官員各罰俸一年。❼

雍正五年六月二十四日內務府奏御用褂面落色請將曹頫等罰俸一年摺：

做皇上服用褂面，俱用江寧織造送之石青緞疋，……俱皆落色。江寧織造員外郎曹頫等，係專司織造人員，織造上用石青緞疋，理宜敬謹，將絲紕染造純潔，不致落色。乃並不敬謹，以致緞疋落色不合。應將江寧織造員外郎曹頫，司庫八十五，各罰俸一年。……奉旨：欽此。❽

雍正五年十二月二十四日上諭著江南總督范時繹查封曹頫家產：

奉旨：江寧織造曹頫，行為不端，織造款項虧空甚多。朕屢次施恩寬限，令其賠補。……然伊不但不感恩圖報，反而將家中財物暗移他處，企圖隱蔽，有違朕恩，甚屬可惡！著行文江南總督范時繹，將曹頫家中財物，固封看守，並將重要家人，立即嚴拿；家人之財產，亦著固封看守，俟新任織造官員綏赫德到彼之後辦理。❾

從三處織造自雍正即位以來的上供御用的織品「粗糙輕薄」，曹頫所供御用石青緞落色及虧空未

❼ 關於江寧織造曹家檔案史料頁一七六。

❽ 同❼，頁一八三。

❾ 同❼，頁一八五。

賠補等看來，恐怕不能全用政治化解釋為雍正故意整肅曹家。三處織造自康熙多次南巡，必虧空很多以供輸，所以康熙命江寧、蘇州織造輪管揚州鹽政以彌補。雍正即位後，便不再優容了，兼職的利益被切斷，而造成偷工減料，是極可能是事實，成為召禍的「實病」。

紅樓夢第七十五回：

> 才有甄家的幾個人來，還有些東西，不知作什麼機密事。奶奶這一去恐不便。尤氏聽了道：昨日聽見的說，爺說看邸報，甄家犯了罪，現今抄沒了家事，調取進京治罪。怎麼又有人來？⑩

文中「還有些東西」與雍正五年上諭「反而將家中財物暗移他處，企圖隱蔽」相合，甄家實即曹家，而京中（長安）、或某些人認為是北京，離南京相距千里，似不會千里迢迢把「東西」移藏到天子腳下去。所以有充分理由說明賈府實即甄府，地點是在南京的江寧織造署。

紅樓夢第五十七回：

> 但不知當在那里了？岫烟道：叫作「恒舒典」，是鼓樓西大街的。寶釵笑道：這鬧在一家去了。⑪

---

⑩ 庚辰本頁一七〇六。

⑪ 同⑩，頁一二七七。

江南通志・輿地志・江寧省城圖繪出織造府的西鄰為蘆政牌樓，相當紅樓夢中的「葫蘆廟」。廟的西北方為北門橋，過橋就是鍾（鐘）鼓樓。鐘鼓樓可以省稱為鼓樓。薛家當鋪在鼓樓西大街，離織府不遠。

從織造府和蘆政牌樓、鼓樓相鄰近的狀況看來，符合紅樓夢中賈府的地理位置，則紅樓夢的榮國府真正的地點是在南京織造署，又得一明證。（附江寧省城圖）

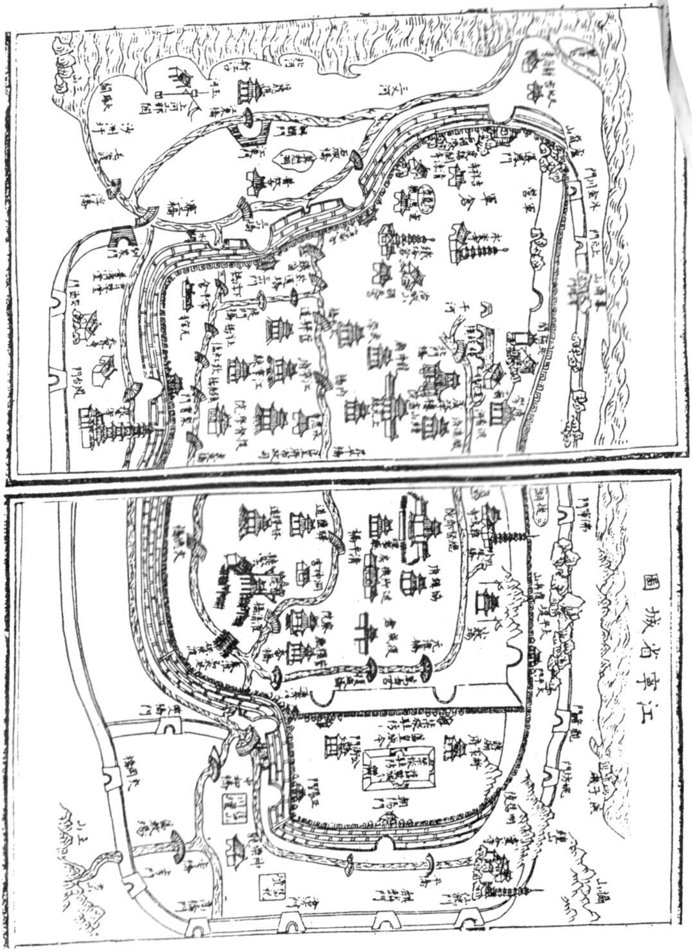

江寧省城圖

詩美學欣賞

■唐詩主題與心靈療養

侯迺慧／著

本書探討唐詩某些主題世界中，詩人隱微細膩的情意心理，與轉化負面情緒的自我治療歷程。其中包含了李白、杜甫、白居易等大詩人等最具典型的詩歌主題，從這些詩歌表現來剖析他們生命中的心靈困境與心理創傷，以及他們轉化這些困境的自我調整、自我治療。此外，本書也包含了一些以全唐詩的重要主題為研究對象的篇章，解析唐代詩人們共有的心理困境或憂傷。讓我們了解唐代整個時代共有的文化心理，同時貼近古代文人生命的自覺與安頓心靈的動人情懷。

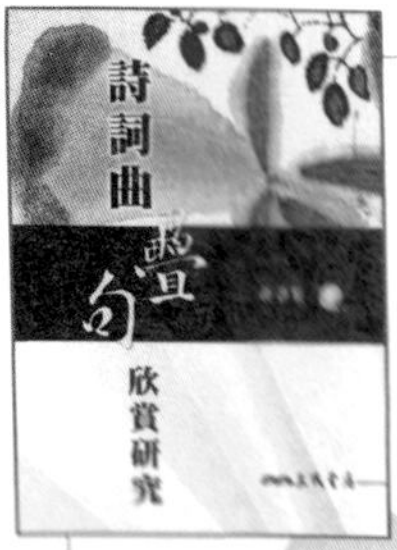

■詩詞曲疊句欣賞研究

裴普賢／著

本書作者裴普賢教授是東西洋漢學家中第一位正式研究疊句的人，她為疊句繪製出三十五張臉譜，即定出三十五種名稱。她從《詩經》中疊句的研究開始，進而展開對樂府、唐宋詞、元明戲曲、新詩、歌曲乃至非韻文疊句的考察。全書舉例詳盡，幾遍及各類文體，讓讀者在領略疊句的萬種風情之餘，還能欣賞多篇優美的文學作品，就像深入名山，不僅觀賞了奇景，又意外的發現寶藏。

■迦陵談詩

葉嘉瑩／著

本書收錄了葉嘉瑩教授歷年所寫關於中國詩歌的論著十二篇。其中所涉及的題目除了廣泛[illegible]國詩歌在形式、內容、技巧方面的演進之外，尤其集中在古詩十九首與陶淵明、杜甫、李白、李商隱幾位名家的探討與欣賞上。葉嘉瑩教授採取了一種融貫中西、會通古今的觀點來處[illegible]種廣闊的背景上，她提出獨特的新見解，充分地顯示了作者感受的銳敏，思慮的[illegible]任何愛好中國詩歌的人必須欣賞的優良讀物。